GOTT im Gedicht

Eine Anthologie zur deutschsprachigen Lyrik von 1945 bis heute

Herausgegeben und eingeleitet von
Helmut Zwanger

Klöpfer & Meyer

Herausgeber und Verlag bedanken sich bei der Stiftung der Württembergischen Hypothekenbank für Kunst und Wissenschaft, Stuttgart, für die Förderung dieser Anthologie.

Nicht immer war zwischen beabsichtigter und unabsichtlicher Abweichung von der Rechtschreibung zu unterscheiden. Im Zweifelsfall haben sich Herausgeber und Verlag für die Wiedergabe entsprechend der Originalvorlage entschieden.

ISBN 978-3-940086-03-7

Umschlaggestaltung: Christiane Hemmerich Konzeption und Gestaltung, Tübingen, unter Verwendung einer Kreidezeichnung von Christina Marlen Zwanger aus ihrem Düsseldorfer Skizzenbuch.
Herstellung und Satz: niemeyers satz, Tübingen.
Druck und Bindung: Pustet, Regensburg.

Mehr über das Verlagsprogramm von Klöpfer & Meyer finden Sie unter
www.kloepfer-meyer.de

Wie sprechen wir von Gott –
ohne Religion, d. h. eben ohne die
zeitbedingten Voraussetzungen der
Metaphysik ...?

Dietrich Bonhoeffer

Wir können das Wort ›Gott‹ nicht
reinwaschen, und wir können es nicht
ganz machen; aber wir können es,
befleckt und zerfetzt wie es ist, vom Boden
erheben und aufrichten ...

Martin Buber

Inhalt

Dritter Teil – Interpretationen interpretieren

Abkehr

Offene Suche

Bildhorizonte

Unabgegolten

Anhang

Helmut Zwanger

Gottesaufbrüche – Deutschsprachige Lyrik von 1945 bis heute

Eine Einführung[1]

Daß wir nicht sehr verläßlich zu Haus sind / in der gedeuteten Welt. Als Lyriker und Theologe bewegen mich diese Zeilen aus den Duineser Elegien von Rainer Maria Rilke[2]. Erfassen sie nicht sehr genau auch die Situation nach dem Zivilisationsbruch des ›Tausendjährigen Reiches‹? Was ist der Mensch in der Form seiner Weltbemächtigung? Ist alles nur noch Abbruch? Das Sagbare nicht mehr zu sagen? Oder anders zu sagen, anders zu deuten? Darauf kommt es mir in dieser Anthologie zur religiösen Lyrik nach 1945 an.[3]

Gewohnte Verlässlichkeiten sind geschwunden. »Die ›alten Gespräche‹ über Gott und mit Gott sind abgebrochen.«[4] Man hat sich vom Deus ex machina verabschiedet. Der Glaube an einen Demiurgen ist zusammengebrochen. Profetisch sprach bereits Georg Lukács von »transzendentaler Obdachlosigkeit«.[5] Arnold Stadler spricht von »metaphysischer Bodenlosigkeit«.[6] *Die Zeit kann die durchgetretene / Wendeltreppe zum Jenseits / nicht mehr benutzen*, formuliert Jürgen Rausch in einem Gedicht.[7] Sturz, Fall, Abgrund sind häufig verwandte Metaphern: *der wachsende abgrund unter deinen sohlen* bei Jan Wagner, *der himmel ist leergefegt / hier unten kein mensch / sicher* heißt es bei Doris Runge, *Explosionen rissen / ein Loch in den Himmel // Mein zerborstener Schutzengel / stürzte herab* bei Hans-Jürgen Heise. Das überlieferte metaphysische Weltbild gehört zu den vergangenen Sprachbildern. »Ersterben kann der religiös vererbte Gott«, konstatiert Paul Konrad Kurz.[8]

Nicht einmal in der Sprache ist der Mensch verlässlich zu Haus. Gerlind Reinshagen spricht von »Trümmersprache«[9], Hans Magnus Enzensberger von den »lautlosen Katastrophen der Sprache«.[10] Viktor Klemperer legte die pseudosakrale Idolatrie, die Vergötzung der Sprache, im zeitgeschichtlichen Kontext des 3. Reiches bloß.
Aber auch wenn der Mensch in weitem Abstand auf Sprachtraditionen

zurückblickt, sogar Sprachzerfall, »Zertrümmerung«[11], »Trümmerfeld«[12] meint wahrnehmen zu müssen, so bleibt doch sein Bedürfnis, sich in der Welt zu vergewissern. Der Mensch kommt von Sprache nicht los. »Bei der Frage nach dem Verhältnis von Sprache und Wirklichkeit ist und bleibt der *Mensch* das Problem, nicht aber *un*-menschliche Objektivität.«[13] Weder kommt der Mensch über die Sprache hinaus, noch kommt er hinter die Sprache zurück. »Ein präkommunikatives Stadium der Sprache ist nicht zu ersinnen«, sagt Martin Buber.[14]

Was hat es damit auf sich, dass der Mensch – auch nach dem Verlust der metaphysischen Großerzählungen – die Welt weiterhin bespricht und beschreibt? Der konstruktive Sinn im umstrittenen Wort von der ›Postmoderne‹ versucht das einzuholen.[15]

Und erst recht ist zu fragen: Was hat es damit auf sich, dass der Mensch mit seinen Vokabularien zum ›Wort‹, zum anspruchsvollen Ort: traditionell Wort Gottes genannt, unterwegs bleibt? Zu Recht erinnert Bernhard Waldenfels an das Wort von Lévinas vom »Trauma des Staunens«.[16] Damit beginnt, was von altersher Religion genannt wird. In seiner Unbestimmtheit sucht der Mensch nach seiner Stimme, sogar nach seiner Bestimmung. Der Mensch nimmt sich im Infiniten der Sprache wahr. Deshalb formuliert Bernhard Grom: »Das neue Reden vom Spirituellen ist nicht vormodern, sondern postmodern.«[17]

Wo immer Deutungen unabgeschlossen vorausliegen, birgt und verbirgt die Sprache Möglichkeiten der Deutung.[18] Nicht ohne Grund setzt die biblische Tradition Wort und Gott in eins: archaische Worthaftigkeit.[19]

Gewiss ist dies ein weites Feld, und auch dies steht bereits wiederum in einer Prospektive biblischer Metaphorik.[20] In Deutungen und in Auseinandersetzungen mit Deutungen deutet sich der Mensch weiter. Nie spricht er sich definitiv abgeschlossen aus, es sei denn um den Preis selbstherrlicher, sprachvernichtender Idolatrie.

»Gott im Gedicht« – diese Anthologie folgt Suchbewegungen, Deutungsmöglichkeiten, Sprachversuchen um ›Gott und die Welt‹ aus dem zurückliegenden halben Jahrhundert.

Die katastrophischen Sturz- und Abgrundbilder verfallen allmählich. Der Philosoph Peter Sloterdijk formuliert: »Es gibt gewissermaßen eine Sprache in der Sprache. Die formuliert die Sätze, mit denen man Orientierungen über das Dasein zum Ausdruck bringt. Lange hat ein gewisser linguistischer Nihilismus geherrscht: Alles, was gesagt wird, ist gleichbedeutend. Inzwischen stellt sich heraus, dass es unter den Dingen, die gesagt werden, einige gibt, die bedeutender sind als andere. Was heute im Zeitgeist umgeht, ist das Empfinden, dass wir nach einer langen autoritätsvergessenen Zeit ein Sensorium für autoritative Worte wiedergewinnen.«[21]

Herausgefordert sieht sich der Mensch zur Rede gestellt, etwa bei Manfred Peter Hein: *Wem fall ich anheim / zu Rede Widerrede.*[22] Oder die Dichterin Dorothea Grünzweig wagt die Metapher: *Nicht Sturz ist der Abgrund / er ist zu beschwimmen.*[23]

Damit bin ich bereits beim Inhalt dieser Anthologie. Es liegt nahe, dass sie über traditionell »ausgemalte Sprachbilder«[24] hinausgeht, wenn man darunter religiös Fixiertes, konfessionell Gewohntes, dogmatisch Abgesichertes versteht, wobei ikonographisches Wiederholen und illustratives Bezeichnen an seinem Ort legitim sein mag.[25] Auf weite Strecken aber verbleibt solch dichterische Ikonographie, oft als religiöse Gebrauchslyrik, im Bereich des Gewohnten und Sesshaften, unberührt von der unabgegoltenen Herausforderung: *wir / wissen ja nicht / was / gilt.*[26]

Zu Wort kommen in dieser Anthologie Autoren und Autorinnen aus dem deutschsprachigen Raum, auch Menschen mit Exilsschicksalen. Diese Eingrenzung hat schlicht praktische Gründe, weil es zum Anliegen dieser Anthologie gehört, die Vielstimmigkeit im deutschsprachigen Raum aufzuzeigen, nämlich, wie wach, reich und vielfältig die religiösen Sprach- und Deutungsversuche im letzten halben Jahrhundert waren und sind. Deshalb habe ich mich entschlossen, den europäischen Kulturraum nicht einzubeziehen oder gar auf den religiösen Welthorizont zuzugehen.[27]

Eine weitere Entscheidung betrifft die Gewichtung von Autoren. Formal ordne ich jedem Autor und jeder Autorin ein Gedicht zu; diese formale Entscheidung eröffnet die Möglichkeit, möglichst viele Autorinnen und Autoren (in den drei Hauptteilen) zu Wort kommen zu lassen, um den Leser und die Leserin zur Neugier und zum Entdecken einzuladen. Jedenfalls wird so auch vermieden, dass die sog. Top Ten die Anthologie solitär beherrschen.[28]

Diese gliedert sich in drei Teile. Der erste Teil »Sprache auf dem endlosen Weg« nach einem Zitat von Johannes Bobrowski zielt auf suchende Spracharbeit. In seinem Vorwort zu »Transit« schreibt Walter Höllerer: »Worte, Verse bestätigen ja nicht nur; sie schaffen dem Bewusstsein ein neues Grad-Netz im noch nicht definierten Bereich von Wirklichkeit.«[29] Im letzten halben Jahrhundert entsteht ein gewandeltes Bewusstsein um Sprache und für Sprache. Bei seiner Rede zur Verleihung des Georg-Büchner-Preises 1959 sagte Günter Eich: »Von Gott kann man nicht sprechen, wenn man nicht weiß, was Sprache ist.«[30]

Die Anthologie beginnt mit Wortsuche. *Ein zum Schweigen gesteuertes Weltall* steht bei Nelly Sachs im Horizont solcher Wortsuche. Immanuel Weißglas sieht im Zerbrechen – *im Zunder nächtgen Zeitverfalls* – Möglichkeiten zu Sprachaufbrüchen. Wie ein Dictum erscheint der profetische Aufruf von Paul Celan: *es sind noch Lieder zu singen jenseits der Menschen.*
Viele Gedichte nach 1945 stehen in dieser Tradition der Herausforderung. In bewusst dislozierter Abfolge habe ich Gedichte zusammengestellt: *diese unvordenkliche / lichtung / der worte* bei Rainer Schedlinski; *Baum für Baum / entziffere die Schrift* bei Ralf Rothmann; *Gott als Metapher für das Unerforschte* bei Arno Reinfrank; *die große wunderbare Wortvermehrung* bei Nicolas Born; *um Gott wieder aufzubauen* bei Thomas Bernhard[31] und andere Beispiele.
Es bleibt ein *tastender Weg* nach einer Formulierung von Ingeborg Bachmann, aber er tastet sich heraus aus einer bodenlosen Vergeblichkeit und sei es auch nur *für die kurze zeit eines begreifens* (Heiner Bastian). Gedichte *bereiten den Boden für eine andere Zeit*, so Urs M. Fiechtner. Im *Wortgewurzel könnte die Welt eingesegnet werden.*[32] Nach Elazar Benyoëtz wäre das Gedicht *die Stimme eines auferstandenen Wortes.*

Viele Gedichte gehen von einer erstaunlichen Wahrnehmungsoffenheit aus. Christine Busta findet die Worte *In uns bauen uralte / Himmel sich neu und leuchten*. Bei Kay Borowsky *Verse: Wanderstäbe*. Bei Horst Bienek *Wörter / meine Fallschirme*.
Aber diese Wahrnehmungsoffenheit führt noch weiter, und zwar in den Horizont von Verpflichtung und Freiheit. »Jede Offenbarung«, schreibt Giorgio Agamben, »ist immer zuallererst Offenbarung der Sprache selbst ... Es gibt entsprechend zwei Arten, hinter die denotative Beziehung zurückzugehen, um zu einer Erfahrung des Sprachereignisses zu gelangen: Die erste folgt dem Paradigma des Schwures und versucht die Erfahrung von Begrenzung und Verpflichtung zu begründen. Die zweite Art hingegen öffnet in der Erfahrung des reinen Wortes den Raum der Unentgeltlichkeit und des Gebrauchs.«[33]
Auch hier folgen Beispiele in dislozierter Abfolge. Zum Beispiel von Günter Kunert *Auf dem Grund der Gedichte / ruht alles Unsagbare*. Von Wulf Kirsten *wenn du aufsiehst / stürzt sich der Himmel / auf dich*. Von Johannes Poethen *ich entwerfe atemraum / ich bin in wörtern*. Von Dorothea Grünzweig *wir mit unseren Wortbleiben*.
Beispielhaft für diese Perspektive: Im Gedicht »Gebot« nimmt Matthias Hermann die alte Ladetradition der zehn Gebote auf und verwandelt sie in die Metapher von der *Glaslade der Sprache*: lucide, fragil, kostbar. Die Einwohnung Gottes geschieht in der Sprache; die Einzigartigkeit Gottes deutet sich aus im Verbot der Bildhaftigkeit ... verboten die Haft der Idolatrie. Rückbezüglich gilt das selbst für Gott; es gibt keinen Begriff, kein begriffliches Beherrschen von Gott. Die sprachschöpferische Potenz gilt der unerschöpflichen Unfixierbarkeit des Lebens. Sie gilt *uns*, also universal allen; allem, was menschlich ist und bleibt. Wegweisung im deutenden Wort entfaltet sich in der Sprache. »Hier, unterwegs, führen wir, schreibt Inger Christensen, das Gespräch zwischen Mensch und Weltall, zwischen Lesbarkeit und Unlesbarkeit, das wir versuchsweise Gott nennen.«[34]

Zertrümmerung von Wirklichkeit[35] und Aufbau von Wirklichkeit[36] zeigt der nach einer Zeile von Erich Fried benannte zweite Teil dieser Anthologie.
Erich Fried widerspricht verfasster Wirklichkeitserfahrung: *was wäre*

das / für eine Welt? Nicht nur, dass die Wirklichkeit in sich strittig ist, vielmehr ist ihr der verabsolutierende Maßstab streitig zu machen. Gegen die Selbstbehauptung von Vernunft und Erfahrung setzt Erich Fried als Kriterium die schöpferische Potentialität der Liebe.[37]
Hans-Jürgen Heise geht es um ein Erwachen über *das Zyklopenauge der Vernunft* hinaus.[38] Von der *Kälte der Vernunft* spricht Esther Dischereit, nicht als Verhängnis, sondern als anstrengende Herausforderung. *Renaissance* gibt es nur im gemeinsamen Widerstand. Für Elazar Benyoëtz hat sich selbst die Theologie an die Aufklärung ausgeliefert. Bei Johannes Poethen ist der Mensch umstellt: *wir haben alles aufgeklärt.* Dem Diktat einer besitzergreifenden Vernunft setzt Ulla Hahn den sinnlich wahrnehmenden Menschen in der Tradition von Matthias Claudius entgegen: was hat es mit dem sinnlichen Aufrichten auf sich? Josef Hasl plädiert für einen Verzicht auf die tödlichen *Veränderungsneurosen* des Intellekts, um dem bloßen, endlichen Menschen Raum zu geben. Der Verzweckung ins Beliebige stellt Arnim Juhre den Imperativ entgegen: *Lerne lesen in der Welt.* Punkt. Der Alles-Determination stellt Rainer Malkowski die *Frage* entgegen. *ich kann mich nicht als gehirn begreifen*, formuliert Rainer Schedlinski. Gegen *den Sieg der Vernunft* sieht Eva Strittmatter ein *allnächtliches* Aufbrechen. Gegen die *obzöne grazie* der *vakuumpumpe*, den Wahn des Vermessens, stellt Jan Wagner einen *toten sperling*; er *wird noch durch einen leeren Himmel fliegen.*

In die Wahrnehmung leuchten *verlockende Worte* hinein. Das Lyrische Ich bei Roman Ritter gibt sich mit vorhandener Wirklichkeit nicht zufrieden. Unterwegs zwar, aber dennoch: *Ein Schimmer ferner, lächelnder Gestade.* Gegen die Absurdität der Wirklichkeit stellt Felix Pollack *das Geheimnis der Zeit.* Gegen die *erdumwälzer* appelliert Wulf Kirsten an das Gewissen. Markus Jaroschka reißt die *Logiknetze* auf, um einem unabschließbaren Wirklichkeitsverständnis Raum zu geben. Feste Gewissheiten wie Wasserscheiden sind zwar bei Harald Hartung verloren, aber ein Ausloten *auf mich zu* im *woher wohin?* bleibt.[39] Dorothea Grünzweig stellt in den Zwiespalt von Vergehen und Auftauchen ein neues Erstehen: *Finstere Augen / brechen / sehen.* Die eigene Wahrnehmungswelt sieht Cordelia Edvardson in *schwindelndblauer Unendlich-*

keit. Werner Dürrson setzt Wirklichkeit und Sprache in Beziehung, spielt mit der Dimensionalität von Sprache und Wirklichkeit. *bin das schon ich*, fragt Kurt Drawert, *aus der Sicht / von hier draußen.* Humus und humanus, adamah und adam: Boden sucht Hilde Domin *für die Pflanze Mensch*, unterscheidet Fruchtbares und Unfruchtbares. Was uns blüht, wird zur Frage der Wahrnehmung, so bei Elisabeth Borchers. In der Potentialität der Sinne liegt die Möglichkeit, *wahrzunehmen / was uns gebührt.*

Suchbewegungen fallen auf, die den Wahrnehmungsraum erweitern. Christoph Wilhelm Aigner spricht vom *spürbar Unsichtbaren*, Detlev Block vom *funkelnden Erstaunen*, Andreas Okopenko vom *unbezeichneten Ziel.* Ingeborg Bachmann wagt das Bild von der *unerhörten Wand des Himmels* als Herausforderung zu Metamorphosen *aus dem alten / Glauben meines Kindergebets.* Cyrus Atabay spricht vom unabschließbaren *Tor* der Wahrnehmung. Rose Ausländer sieht den Menschen im Geheimnis des Sichtbaren und des *unendlich Unsichtbaren.* Nicht Hinterwelt, sondern dem Menschen zugute kommender Horizont. Es wird sich noch zu zeigen haben, so bei Johann Gunert, *was der Mensch als Mensch noch wert.* Johannes Bobrowski weist auf die Spannung hin: *Das Wort Mensch.* Der *Lebensbaum* als *weltaltes Zeichen* bei Peter Huchel steht strittig in umstrittener Wirklichkeit.
»Den brennenden Dornbusch Sprache durchdringen; das Wunderliche zu Gesicht zu bekommen, das Pfingstwunderliche der Sprache, die Überraschung der Zungenrede erzeugen«, formuliert Thomas Kling.[40]

Der dritte Teil versammelt, nun bewusst alphabetisch geordnet, rund 180 Autoren und Autorinnen unter der Überschrift »Interpretationen interpretieren«. Diese Überschrift folgt der Einsicht von Hans-Georg Gadamer: es gibt keine Tatsachen, nur Interpretationen.[41] Diesem weiten Feld möchte ich mit den Stimmen von Thomas Kling und Paul Celan Raum geben. So schreibt Thomas Kling: »Dichter sind mitunter Sondengänger – oft ein Euphemismus für den nachtaktiven Raubgräber. Die in den verdeckten Hinterlassenschaften der Jahrhunderte, der Jahrtausende herumstöbern.«[42] Und Paul Celan kommt mit seiner

Bildhaftigkeit aus der Exodus-Tradition: »wo du Wüstenbrot bukst / aus mitgewanderter Sprache.«[43]
Der Übersichtlichkeit halber gliedere ich in Abschnitte: Abkehr – Offene Suche – Übermalungen – Bildhorizonte – Unabgegolten.

»Abkehr«. Zum Kontext religiöser Lyrik nach 1945 gehört bewusstes Abgrenzen. Vier Aspekte möchte ich beispielhaft erläutern.
Überlieferte Bildtraditionen und Weltbilder sind fragwürdig geworden. Man blickt auf sie zurück.[44] Michael Krüger klammert in dem von mir ausgewählten Gedicht das *Lachen* darüber ein. In einem lyrischen Dialog geht er auf die Verlusterfahrung ein: prüfend, messend, relativierend. *War es besser?* Ambivalent die Antwort: *Der Trost drang tiefer*, aber der herausgeforderte Mensch, der bloßgestellte Mensch tritt jetzt deutlicher hervor. Die Verantwortlichkeit des Menschen stellt sich ohne metaphysische Gottesvorstellung radikaler.[45]
Eine weitere Facette metaphysischer Abarbeitung zeigt das Gedicht von Kurt Marti. Lyrisch formuliert Marti seinen Einspruch gegen ein metaphysisches Vorauswisssen von Gott ... – als ob da ein Pantokrator am Werk sei. Dialektisch spannt er den Bogen weiter auf Menschen hin, die metaphysischen Glauben instrumentalisieren. Indem Kurt Marti mit diesem Gottesbild bricht, bricht er ein anderes Gottesbild auf.
Kurt Heynicke (1891–1985), der in seinem 9. Lebensjahrzehnt das Gedicht *Der Christus* schrieb, geht ins Grundsätzliche: steht nicht jede religiöse Formung von Sprache in Gefahr, zu überhöhen, zu glorifizieren, zu sakralisieren? *Verfrommst dich in uns / zur Legende*. Das zu Lesende bekommt den falschen Schein frommer Eindeutigkeit.
Und schließlich ist der Aspekt einer Dichtung nach der Shoah zu bedenken. In welchen Traditionen steht religiöses Sprechen? Müßte es sich nicht seiner Herkunft vergewissern? Müßte es nicht auf den Grund seiner Sprache schauen? Was setzt Sprache vor, was setzt Sprache voraus? Was bedeutet antijudaistische Sprachvergiftung über fast zwei Jahrtausende hinweg? Vorwurfsvoll formuliert Paul Celan: *Ihr mahlt in den Mühlen des Todes das weiße Mehl der Verheißung.*

»Offene Suche«. Sechs Beispiele greife ich heraus.

Nelly Sachs beginnt ihr Gedicht *Chor der unsichtbaren Dinge* jeweils mit dem Klageruf *Klagemauer Nacht!* Die Klagemauer in Jerusalem tritt in den Horizont kosmischer Verdunkelung. In der kosmischen Nacht sind die *Psalmen des Schweigens* begraben, in sie eingegraben. Wer wird sie zum Reden bringen? In der *Klagemauer Nacht* sind die Toten zuhause. Wer wird das Totenfeld erwecken? Eine Fulguration erwartet Nelly Sachs vom *Blitz eines Gebetes*. Es ist der interzessiorische Mensch, der jene weckt, die *Gott verschlafen haben*.

Felix Pollack, 1938 in die USA emigriert, beschreibt in seinem Gedicht *Worauf es immer hinausläuft* die Befindlichkeit des Menschen in verschiedenster Hinsicht *ob oder (whether or)*. Das *Stückchen Himmel* wirkt *begrenzt, durchkreuzt, getönt*. Im Herzen suchende Sehnsucht. Ungestillt. Lebenshunger. Es muss mehr als alles geben: *der Hunger / nach anderswo / als wo*.

Über die Alternative ›Diesseits‹ – ›Jenseits‹ geht Rainer Malkowski in seinem Gedicht *Der die Möwe fliegen sah* hinaus. Es beginnt mit einer Tagebuchnotiz *»sah eine Möwe fliegen«*. Malkowski unterlegt das Sehen in doppelter Weise: sehen und versehen. Wessen versieht sich der Mensch an seinem Ort, in seiner geschichtlichen Einmaligkeit? Fragend geht Malkowski in das Auseinanderreißen von Diesseits und Jenseits hinein.

In sechs Strophen *Um die Hügel* entfaltet Alfred Kolleritsch das *Geschenk der roten Erde* im Wechselspiel von sechs- und siebenzeiliger Ausgliederung. Das *Wahrgenommene* sieht Kreis und Grenze, einst und jetzt, Himmel und Erde, Erstarrtes und *neue Bewegung des Feuers*. Im *Trost der Vulkane* sind *Ordnungen* wahrnehmbar. Auch der Tod gehört dazu. Es geschieht ein Einfrieden im Gedicht. In einer siebten Strophe bündelt Kolleritsch: *Dafür wäre die Hoffnung* da – den Menschen begrenzende Hoffnung: *Trost des Menschseins, Trost zu empfinden*.

Schon der Titel *Transit* im Gedicht von Felix Philipp Ingold deutet Übergang, Durchgang, Vorübergehen und Veränderung an, auch Weg und Erfahrung. Der namengebende Mensch kommt in den Blick, fast wie nebenbei, vorläufig, überholbar. Ein *dort* und *weiter* werden unterscheidbar. Auch was der Mensch anrichtet bei seiner Namensgebung. Ist *Schutt und Asche* ein letztes Wort? Ein hypostasiertes, ein vergegenständlichtes Paar betritt das Gedicht: Geduld und Liebe, und sie *fruchtet*.

Hans Egon Holthusen beschreibt in seinem Gedichtbeitrag zur Lyrik-Anthologie »Widerspiel«[46]: »Das Gedicht will den schwindelerregenden Hiatus zwischen Hier und Dort bewusst machen …« Sein Gedicht *Tabula rasa* beginnt wie ein Manifest: *Ein Ende machen. Einen Anfang setzen*. Holthusen blickt auf *Trümmer*, *Blut und Tränen*, *Schmerz*, *Verzweiflung*. Und dann hält er inne: *und doch*, *wir leiden. Sprachlos*. Und dann kommen Fragen über Fragen, auch die Frage nach dem noch verborgenen Menschen, der es vermöchte: *und keltert* einen *Tropfen Ewigkeit / Im dunklen Wirbel unserer Untergänge*.

»Übermalungen«. In diesem Abschnitt stelle ich Autorinnen und Autoren vor, die sich der Kontextualisierung bedienen. Erlesenes, Herausgebrochenes, Gefundenes aus der kanonischen Sprache von Juden und Christen, aus liturgischem Gut, aus der Choraltradition wird mit neuen Kontexten verknüpft. Es entstehen überraschende Spannungsbögen, kreative Entdeckungen, schöpferische Aufbrüche, vergleichbar den Übermalungen von Arnulf Rainer. Dazu einige Beispiele.

Das Gedicht von Hans Sahl beschreibt zunächst Erinnerungsarbeit gegenüber der nachkommenden Generation: *was wißt Ihr von den Tollheiten der Menschen?* Die Untergründigkeit und die Abgründigkeit der Vergangenheit rückt in den Blick. Das Ohr ist zu schärfen. Der Wind, *der ein verbranntes Buch aufblättert*. Die Zitation aus Matthäus 26,75 wird aus ihrem passionsgeschichtlichen Ort gelöst und in die Passion des jüdischen Volkes hineingestellt.

In seinem dreistrophigen Gedicht verschränkt Paul Wühr mehrere biblische Traditionen: die Offenbarungstradition aus Exodus 3,14, die Tradition von der Erschaffung des Menschen nach Genesis 1,27 und die Tradition von der Entblößung des Menschen aus Genesis 3,7. An die Stelle einer dualistischen Diastase von Gott und Mensch tritt ein offenes Beziehungsgeschehen um die Fehlbarkeit des Menschen.

Um *verbergen* und offenbaren geht es im Gedicht von Rudolf Hagelstange. Der geängstigte Mensch, *fahl von Heuchelei und Lüge*, täuscht sich selbst. Die *Scham* vor dem bloßen Menschsein wird verborgen.

Der Mensch wird zum Nachtgänger: *Ihr braucht die Nächte, um wieder Ihr zu sein.* In diesen Kontext stellt Hagelstange die Metaphern von *Licht* und *Quelle* aus Psalm 36,10 hinein. Der Mensch selbst ist es, der sich seiner epiphanen Möglichkeiten beraubt.
Trauergeleit thematisiert Bernhard Nellessen in seinem Gedicht *am grab von udo engel.* Die eschatologische Hoffnung von neuem Himmel und neuer Erde verbirgt und enthüllt der Autor in der Wendung: *wo die erde keine risse mehr hat.* Antwort und Frage gehen weiter voraus. Die Personalität und Beziehungshaftigkeit gelebten Lebens wird mit Sprachanklängen aus Psalm 23,4 umfaßt; bleibt offen. In die Angefochtenheit vergänglichen Lebens wird im literarischen Verfahren ein paulinisches Zitat aus dem 2. Korintherbrief 4,7 eingeblendet: *hoffnung in irdenen gefäßen.*
Im literarischen Verfahren wieder anders gestaltet der in Darmstadt geborene Richard Exner sein Gedicht *Berührungen.* Dieses Gedicht wendet sich einer der Hauptikonen abendländischer Malerei zu, und zwar Michelangelos Deckengemälde in der Sixtinischen Kapelle: *schwebt / mit ausgestrecktem Arm / der Schöpfer / seinem Ebenbild / entgegen.* Der dichterische Blick gilt dem *Zwischenraum* zwischen Gott und Adam. Es ist die nur *fast berührte Hand*, die Exner lyrisch zu bedenken gibt. Auf der einen Seite ein Zwischenraum, *den nur Gottes Funke, / nur die Liebe / überspringt*; auf der anderen Seite der grauenerregende Mensch: *Flammenmeer* und *Berge aus Menschenasche.* Geht etwa ein grundsätzlicher Riß durch die Schöpfung? Im dichterischen Dialog mit Michelangelo geht Exner weiter: *berühren also, / ohne zu töten.* An der Wahrnehmung geht der schöpferische Funke weiter: *nimm dir das bisschen Farbe / aus meinen Augen.* Der schöpferische Prozeß dialogischer Wahrnehmung schafft das göttliche Überspringen zum Menschen hin – der Mensch als Ikone Gottes.
Als weiteres Beispiel habe ich ein Gedicht von Ursula Krechel ausgewählt. Sie spielt mit dem Wort *versiegeln.* Unterschiedliche Bedeutungszusammenhänge werden freigelegt und auf ihr förderliches oder bedrohliches Potential befragt. Was ist der Maßstab? Wer übernimmt Autorschaft? Mit dem biblischen Verweisen auf das Hohelied 8,6 bringt Ursula Krechel den Menschen auf seine Bestimmung zurück. Indikativisch tritt die Liebe in den Begeisterungshorizont des Lebens.

Eine Nuance anders arbeitet Rainer Brambach. Kontrastiv ist sein Verfahren. Sein Gedicht *Vormittag* nimmt zunächst die Struktur eines Kinderliedes auf (morgens früh um sechs ...). Jetzt im Gedicht steht die gewohnte Routine im Vordergrund. Eintönig. Eigentlich *leer*. Eigentlich auch beziehungsleer: *komme ich zu mir selber*. Distanziert liegen woanders die *Briefe*. Botschaften von woher und woraufhin? Kontrastiv fällt das biblische Zitat aus Prediger 11,7 ins Leben, ins Leben mit offenem Ausgang.[47]
Und schließlich ein Beispiel von Eva Zeller. Das Gedicht *Das Stündlein* setzt sich mit moderner Sterbebegleitung auseinander. Imaginiert wird die Situation der Patientenverfügung und der passiven Sterbehilfe. In die Autonomie selbstbestimmten Sterbens tritt ein sinnerschließender, offen umschließender Kreis aus Psalm 17,15: *um an Deinem Bild / zu erwachen*. Eine Fülle biblischer Konnotationen aus Hiob 19,27, Matthäus 5,8, 2. Korintherbrief 5,7 und 1. Korintherbrief 13,12 bündeln sich: *als ob ... mein Schauen größer wäre / als die Sprache*.

»Bildhorizonte«. In der Konzeption der Anthologie vertieft dieser Abschnitt den vorangegangenen zweiten Teil. Im Wort ›Horizont‹ verschränken sich Begrenzung und Eröffnung. Ein Horizont bildet jeweils eine vorläufige Grenze von Wahrnehmung: im Sprachhorizont, im Denkhorizont, im Welthorizont. Ein anderes kommt hinzu: nachdem die metaphysischen Großerzählungen zerfallen sind[48], radikalisiert sich die Frage, wie sich der Mensch in und aus seinem Gesichtskreis wahrnimmt. Welche Bildhorizonte bringt Dichtung ein?[49]
Einige der Texte der hier ausgewählten Autorinnen und Autoren möchte ich erläutern.
Das Gedicht von Günter Ullmann *Alles spricht* geht von der Sinnenhaftigkeit des Menschen aus, vor allem vom Sehen und Hören. Die Sprache als Sprache ist beredt. Der Mensch könnte ein Wahrnehmender, sogar ein Sprachverwandelnder sein. *alles spricht / der Himmel die Erde*. Es liegt am Augenaufschlag und am Gehör des Menschen, ob und wie er dies wahrnimmt. *und verstehen uns / nicht*. Ullmann spricht die Möglichkeit des Verstehens an, indem er die menschliche Verweigerung des Verstehens bloßlegt.
Im Gedicht *Vergangene Zukunft* sieht Margot Scharpenberg den Men-

schen im *Niemandsland*. Verschlissene Träume, Paradiese, Utopien ziehen vorbei. Wie verortet sich der Mensch ... rückwärts, vorwärts: *das Muster Geschichte / der blühende Garten Futur*? Wie formt er seine Gegenwart? Wie kommt er aus dem bedrohlichen Niemandsland *auf erdachten Stühlen* heraus? Im literarischen Verfahren bearbeitet Scharpenberg die jesuanische Nachfolge-Tradition aus Matthäus 19,24 und setzt sie in Beziehung zum Rettungsmythos der Arche aus Genesis 6-8. Ihre Einsicht ins Dürftige und Bedürftige trägt sie in ein neues Wort ein: *Nadelöhr-Kreaturen*, des Anfangs gewärtig im *besteigen* der *Arche*.
Man könnte das Gedicht *Über den Hafen von Lindos* von Dagmar Nick als eine Auseinandersetzung mit der Sturz-Metapher von Friedrich Nietzsche »Stürzen wir nicht fortwährend?«[50] deuten. Die Achse im Gedicht, der Umbruch im Gedicht bildet die Zeile *Wage dich*. Das ist zum einen ein *Salto mortale*, und zwar *über die nachtenden Wasser hinweg*. Alte Chaos-Tradition klingt an. Aber es ist nicht ein Deus ex machina, der rettet, sondern das unbändige Geheimnis der Liebe in der paulinischen Tradition aus dem 1. Korintherbrief c.13. Die alte Metapher vom Himmel verortet sich jetzt in der Bodenlosigkeit schöpferischer Liebe.
Eine ganz direkte Auseinandersetzung mit Bildhorizonten bietet das Gedicht von Bruno Stephan Scherer *Gott zeichnen*. Geläufige, überlieferte Gottesbilder kommen ins Bild, kosmologisch, transzendent. Sie zerbrechen im hartnäckigen Gespräch mit dem Therapeuten, einmal ... zweimal. Welchen Namen hat Gott? Das geht übers Bild hinaus. *DU*. Die den Menschen vernichtende Verhältnislosigkeit rückt in die Beziehungsfülle Gottes.
Rolf Dieter Brinkmann setzt in seinem Gedicht mit der Metapher *Schnee* ein. Wahrnehmungshorizonte entstehen an und im Menschen: *wer / dieses Wort zu Ende / denken könnte*. Bildhorizonte werden in diesen Prozeß hineingespiegelt. Traditionelle Bildhaftigkeit wie *Himmel*, wie *blau* gerät in eine neue Spannung. Vorausgegangene Ortsbestimmungen, Wegbestimmungen, Zielbestimmungen kommen in Bewegung. Hoffnungsperspektive aus reflektierender Wahrnehmung weicht Erstarrtes auf.
Friederike Mayröcker geht in ihrem Gedicht der *Pachermadonna* ein-

gehend nach. Eine zweite Ebene schiebt sich ins Gedicht mit dem alten *Beichtstuhl von dam*als. Mahnend und bergend kommt er in den Blick, *Turm und Gehäuse*. Wahrnehmung weitet sich: *das Erwachen an Augen, wir machen pausenlos Lebensfehler*. Mit einer Wortschöpfung *transparenzkissenschwer (›Himmel auf Erden‹)* führt Mayröcker einen alten Bildhorizont in einen neuen über.
Wieder ein anderes Verfahren zeigt Paul Konrad Kurz in seinem Gedicht *Mehr oder minder Wappentiere*. Schon bereits mit der Überschrift wird die Wertfrage signalisiert; zweistrophig wird sie fortgeführt: *IHRE Tiere / SEINE Tiere*. Triadisch die Adler. Triadisch *Löwe, Wolf, Hahn*. In Vierzahl dagegen die Tier-Bilder aus der christlichen Tradition. Also: Imperium oder Dominium. Die Achse im *oder* stellt den Menschen in die Wahl seiner Ausrichtung.
Ein letztes Beispiel wähle ich mit Harald Hartung *Weißer Jahrgang*. Harald Hartung, Jahrgang 1932, war zu jung für den Krieg, aber mit pubertären Tönen gesteht er seine Kriegs- und Waffenbegeisterung ein. Eine Nahkampfszene aus dem russischen Feldzug blendet sich ein, allerdings: *die Blutrinne sah kein Blut*. Der Bildhorizont aus der Angelologie wird ironisch mit dem Buchhaltermotiv gebrochen, um umso intensiver die Kontingenz des Lebens im ungenannten, jedoch vorausgesetzten Buch des Lebens aus jüdisch-christlicher Tradition hervorzuheben.

»Unabgegolten«. Am Ende dieser Einführung komme ich auf die eingangs erwähnte Zeile von Paul Celan zurück *wir / wissen ja nicht, / was gilt*. Im Gedicht verarbeitete Paul Celan seine Begegnung mit Nelly Sachs.[51] In einem späteren Brief vom 9. August 1960 schreibt Paul Celan: »Weißt Du noch, wie, als wir ein zweites Mal von Gott sprachen … der goldene Schimmer an der Wand stand? Von Dir, von Deiner Nähe her wird solches sichtbar …«[52] Man würde Celans Intention verkennen, wenn man dieses Gedicht als Absage an das Gültige läse. Das Gültige bleibt vorausgesetzt. Der Hauptsatz bleibt betont: *wir wissen ja nicht*. Was hat es mit solcher condition humaine auf sich? Geht sie nicht zurück aufs verführerische Versprechen: »ihr werdet sein wie Gott und wissen, was gut und böse ist.« (Genesis 3,5) Kunstvoll verschweigt der Mythos das ›Wie‹, den Modus, die Art und Weise,

wie solches Wissen geschieht. »Wir« wissen ja nicht, was gilt. In diese Herausforderung tritt das Wort, die Dichtung ...
Einige Beispiele aus diesem Abschnitt möchte ich herausgreifen und mit interpretatorischen Hinweisen versehen.
Das ausgewählte Gedicht von Friederike Roth ist ein verhaltenes Magnificat: *groß geschrieben*. Die erste und letzte Zeile des Gedichts betont die Sehnsucht *nach Leuchtendem. Man will sie mir aber nehmen*. Die Theodizee-Frage deutet sich an, deutet sich aus wie ein negativer Gottesbeweis. Verstummen ist die Folge. Jetzt wechselt Friederike Roth die Bildebene. *Längst bin ich weggeflogen auf Leuchtendes zu*. Feststellbar war *natürlich* nur die *sternlose Nacht*. Aber statt stumm ist das Lyrische Ich beredt geworden.
Freies Geleit hat Heinz Piontek das ausgewählte Gedicht überschrieben. Der Titel signalisiert inmitten der Bedrohlichkeit des Daseins ein Verbürgtsein des Menschen. Da mag es ins Weite gehen oder ins Nahe ... *Aufhalten darf uns / niemand und nichts!* Obwohl das in der Realität ständig geschieht, oft auf entsetzliche Weise. Dass dem Menschen seine Bestimmung klar bleibt – dazu leiht sich Piontek ein Wort aus Psalm 126. Ins *All*, in die namenlose Totalität bricht er eine *schmale Tür*, Ortsbestimmung, Wegweisung ... *angelweit offen*, eben offen auch für eine angelus-Deutung, wie sie die jesuanische Botschaft vorgelegt hat. Der ›angelus‹ aus Matthäus 18,10 steht für die verbürgte Gottesbeziehung.
Hervorheben möchte ich einige Gedichte zur Interpretation des Kreuzes. *Vision bei Kaunas* heißt das Gedicht von René Schwachhofer. Kaunas – einer der verzeichneten Orte auf der Landkarte zur Ermordung des europäischen Judentums. Fast auf wenige Substantive reduziert ist das Gedicht, ein Mittel, Substantielles auszudrücken. *Stimme über / den Feldern*. Die Szene aus Lukas 2,8-14 wird in Erinnerung gerufen: Ehre sei Gott in der Höhe und dem Menschen auf Erden wohlwollende Wertschätzung. *Das Kreuz / Am Himmel*.
Kritisch wendet Dieter M. Gräf die Interpretation des Kreuzes gegen *Kreuz, Ritter, Töne*. Die unermeßlich auslotende Vertikale wurde zum tötenden *Speer* zugespitzt, bereits vorher seiner von Horizont zu Horizont reichenden Umarmung beraubt.
Christliche Gegend hat Werner Dürrson seine Interpretation über-

schrieben. *Die Planierraupe kam / bis zum Steinkreuz*, vielleicht ein Sühnekreuz, ein Wallfahrtskreuz, ein Friedhofskreuz. Der Fahrer bremst ab, hält ein. *Feierabend*. Schabbat. Ein Doppelsinniges: Aufhören. Auf-hören. Anders der Bauunternehmer – Metapher für kapitalistische, ökologische, ökonomische Rücksichtslosigkeit. Am Steinkreuz bricht der Streit um die Interpretation von Wirklichkeit auf: *wer kommt da / wem in die Quere*.

Vom Menschensohn nennt Ulrich Schacht sein Gedicht und signalisiert damit alte Ausdeutung der Jesus-Botschaft. Diese Botschaft ist *kein eitles Gerede*. Den anderen Menschen bejahendes Ja. Unterwerfender Macht gegenüber ein verneinendes Nein. *Weis / ab was dich anweist*. Ikonen von Imperialismus kommen ins Bild: *Säulen Tribünen*. Wo's einem die Sprache verschlägt – Wortaufbruch: *einen Wortweg / geh ich, ihm nach, in / Sprachlosigkeit*. Evidenz ergreift das Lyrische Wir: *Diese / Lust ihn leben zu / lassen. Diese* (Leerzeile) *Last*. Vielschichtig ist dieses literarische Verfahren. Zunächst der Stabreim: Vision und Wirklichkeit. Wille und Tat. Vorsatz und Ausführung. Aber im *Wortweg* ist die Sprache noch gesättigter. Biblisch versprachlichte »Lust« steht allen Psalmen voran: »Wohl dem, der Lust hat an der Torah Gottes.« (Psalm 1,1f.). Dieser Kontext verweist wiederum auf den paulinischen Text im Galaterbrief 6,2: »einer trage des andern Last, so werdet ihr die Torah Christi erfüllen.“ Dichtung kann so zum *Wortweg* finden.

Gebet in Ruinen hat Ralf Rothmann seinen im Jahr 2000 erschienenen Gedichtband genannt. Aus ihm ist das Gedicht *Engel des Abgrunds* entnommen, ein Motiv aus der ›de profundis‹-Tradition. Das Gedicht gliedert sich in zwei Strophen. Die erste Strophe beklagt *mein ewiges Zu spät*. Angst und Zerrissenheit prägen die erste Strophe. Die zweite Strophe setzt mit einem Gebetsruf ein: *Vergib mir*. Dann spricht das Lyrische Ich über seine Selbsterkenntnis. *Ich wußte nicht, daß Gott uns meint* ... Die Beziehung von Selbsterkenntnis auf Gotteserkenntnis. Jetzt in Grabesnähe wieder Schnee, wie am Beginn der ersten Strophe, jetzt aber ... *als fielen mir Splitter des Lichts ins Gesicht*.

Im Gedicht *Vergeßlichkeit* berührt Günter Kunert den Bezug auf Exodus 3,14, und zwar in ironischer Heiterkeit. *Zeit löscht die Namen / im Hirn*. Das wird breit ausgeführt bis in Einsichten moderner Gehirnforschung hinein. Dann kommt in der kurzen zweiten Strophe

eine Selbstvorstellung wie ein alzheimerisches Palimpsest, darunter noch erkennbar die Urschrift. Zeit löscht nicht die Antwort auf die Frage »wie ist sein Name?« aus Exodus 3,13. Ich bin, der ich bin. Ich werde sein, der ich sein werde.
Ulrike Draesner hat das ausgewählte Gedicht *pfingstmikrophon* genannt. Dichterisch reflektiert sie *sprache in verzerrung*. Was ist Sprache, *daß ich hörend nichts verstehe*? Was? *ein Ohrschwappen ... neurotransmittiert*. Ulrike Draesner begreift aber *die mich zerfunkende Sprache* auch als Chance, als Bedingung der Möglichkeit *von fern den reinen klang* zu vernehmen, *sprachmaterial ... im dornenbusch*.

Ein wohlbesonnener Abschluß für eine Einführung in die Anthologie »Gott im Gedicht«.
»Die Finsternis des Gotteslichts ist kein Verlöschen; morgen schon kann das Dazwischengetretene gewichen sein.«[53]

Anmerkungen

1 Im ausführlich gehaltenen Anmerkungsteil finden sich Hinweise zur möglichen Weiterarbeit und Vertiefung.
Zum vorangestellten Motto:
Dietrich Bonhoeffer, Brief aus der Haft vom 30.4.1944. Widerstand und Ergebung, 11. Aufl. 1962, S. 180. Martin Buber, Gottesfinsternis 1953. Werke Bd. I, 1962, S. 510.

2 »Der Schock, den der moderne wissenschaftsfixierte Mensch erfuhr, als er sich unverhofft aus der Geborgenheit der kosmischen Ordnung herausgefallen sah, schlug sich auch in der Lyrik nieder, in Deutschland wohl am auffälligsten im Werk Rainer Maria Rilkes.« Hans-Jürgen Heise, Einen Galgen für den Dichter. Stichworte zur Lyrik, 1990, S. 24.

3 Vgl. Wem gehört die Erde? Neue religiöse Gedichte. Hg. v. Paul Konrad Kurz 1984. Die Bibel in der deutschsprachigen Literatur des 20. Jahrhunderts, Band 1 u. 2. Hg. v. Heinrich Schmidinger, 2. Aufl. 2000.

4 Karl-Josef Kuschel, Im Spiegel der Dichter: Mensch, Gott und Jesus in der Literatur des 20. Jahrhunderts, 1997, S. 286.

5 Georg Lukács, Theorie des Romans, 1916.

6 Das Buch der Psalmen und die deutschsprachige Lyrik des 20. Jahrhunderts, Kölner Germanistische Studien Band 26, 1989, S. 12.

7 Jürgen Rausch, Gedichte, 1978, S. 72.

8 Gott in der modernen Literatur. Literatur – Medien – Religion. Hg. v. Georg Langenhorst. Bd. 8, 2. veränderte Aufl. 2003.

9 Vom Feuer, 2006, S. 76.

10 Museum der modernen Poesie, 1960, S. 771.

11 Peter Schünemann, Dunkles Bild. Dichtung und Sprache Bd. 20, 2005, S. 117.

12 Hugo Friedrich, Die Struktur der modernen Lyrik, 5. Aufl. 1961, S. 153.

13 Rainer Marten in: Sprechend nach Worten suchen. Probleme der philosophischen, dichterischen und religiösen Sprache der Gegenwart. Hg. v. Klaus Möding, 1984, S. 18.

14 Das Wort, das gesprochen wird. Werke Bd. I, 1962, S. 447

15 ›Postmoderne‹ oder Der Kampf um die Zukunft. Die Kontroverse in Wissenschaft, Kunst und Gesellschaft. Hg. v. Peter Kemper, 1988. Mit der Kritik am Begriff der Postmoderne im deutschsprachigen Raum setzt sich Georg Langenhorst weiterführend auseinander: Theologie und Literatur. Ein Handbuch, 2005.

16 Bernhard Waldenfels, Phänomenologie der Aufmerksamkeit, 2004, S. 268.

17 »... den sie früher Gott genannt hätten«. Spirituelle Sprachversuche der deutschsprachigen Gegenwartslyrik, in: Stimmen der Zeit 222, 2004, S. 128.

18 »Mag die abendländische Metaphysik auch zusammenbrechen – die Schrift bleibt. Sie ist der ungedachte Untergrund allen Denkens ... Sie ist der *deus absconditus* des Digitalzeitalters.« (Christoph Türcke, Vom Kainszeichen zum genetischen Code. Kritische Theorie der Schrift, München 2005, S. 197.)

19 Johannes-Evangelium 1,1.

20 Psalm 31,9b.

21 DIE ZEIT, Nr. 7, 8.2.2007, S. 15.

22 Aufriß des Lichts, 2006, S. 82.

23 Mittsommerschnitt, 1997, S. 26.

24 Georg Langenhorst, »veruntreut«, »versiegelt«, »geteilt«. Die Rede vom Himmel in der Literatur unserer Zeit, in: Jahrbuch für Biblische Theologie Bd. 10, 2005, S. 432.

25 Vgl. Poeten beten. Anrufe in Texten der Gegenwart. Hg. v. Wolfgang Fietkau, 1969.

26 Paul Celan, Zürich, zum Storchen. Die Gedichte. Hg. v. Barbara Wiedemann, 2003.

27 Das leuchtende Buch. Die Welt als Wunder im Gedicht. Hg. u. mit einem Nachwort versehen von Dieter M. Gräf, 2004.

28 Vergleiche im Zusammenhang einer Kriteriologie für eine Anthologie den behutsamen »Versuch einer neutralen Minimaldefinition« von Karl Otto Conrady in: Der neue Conrady. Das große deutsche Gedichtbuch, 3. Aufl. 2003.

29 Transit. Lyrikbuch der Jahrhundertmitte. Hg. v. Walter Höllerer, 1956, S. XII.

30 Gesammelte Werke IV, 1973, S. 623f.

31 Für Thomas Bernhards Gedichte (Suhrkamp Taschenbuch, 1993) gab es wegen einer Verfügung des Autors leider keine Erlaubnis zum Wiederabdruck.

32 Elazar Benyoëtz, Treffpunkt Scheideweg, S. 100 u. 99.

33 Die Zeit, die bleibt. Ein Kommentar zum Römerbrief, 2006, S. 150.

34 Der Geheimniszustand und Gedicht vom Tod, 1999, S. 21.

35 Peter Handke: »Ich erwarte von der Literatur ein Zerbrechen aller endgültig scheinenden Weltbilder.« (Ich bin ein Bewohner des Elfenbeinturms. Aufsätze, 1972, S. 20)

36 Raoul Schrott: »Gerade die Umsetzung von Wirklichem in menschliche Sprache ist es aber, die im Kern Poesie und Religion thematisiert.« (Handbuch der Wolkenputzerei, 2005, S. 260.)

37 Vgl. 1. Korinther 13,13b.

38 »Die Subjektivität wäre folglich als Erwachen im Erwachen zu denken, als Erwachen dieses Erwachens. Sie wäre Prophetie, nicht im Sinne von Genialität, sondern als Erwachen des einen durch das Andere.« Emmanuel Lévinas, Gott, der Tod und die Zeit, 1996, S. 157.

39 Noch ganz anders bestimmt war das *woher, wohin* bei Gottfried Benn im Gedicht *Verlorenes Ich* und im Gedicht *Schöpfung*. (Sämtliche Gedichte, 5. Aufl. 2005, S. 205 u. S. 384).

40 FAZ, Nr. 251, 29.10.2001, S. 47.

41 Wahrheit und Methode, 1960.

42 Auswertung der Flugdaten, 2005, S. 57.

43 Die Gedichte. Kommentierte Gesamtausgabe in einem Band, 2003, S. 204.

44 Bereits Friedrich Nietzsche tat das sehr eindrücklich: »Nimmt nun der Glaube an eine solche (absolute) Wahrheit überhaupt ab, verblassen die Regenbogenfarben um die äußersten Enden des menschlichen Erkennens und Wähnens …« (Werke in drei Bänden. Hg. v. Karl Schlechta, 3. Aufl. 1962, Bd. 1, S. 577.) Kritisch setzt sich Martin Buber auseinander: »Gott sei ›tot‹. Mit welcher Verkündigung aber in Wahrheit nichts anderes gesagt ist, als daß der Mensch unfähig geworden sei, eine von ihm schlechthin unabhängige Wirklichkeit zu fassen und sich zu ihr zu verhalten –

unfähig, heißt das auch, sie bildkräftig, in Bildern, die sie für die an sie selbst nicht heranreichende Betrachtung vertreten, vor- und darzustellen.« (Gottesfinsternis. Werke Bd. I, 1962, S. 511 f.)

45 Die adamitische Ambivalenz entblößt George Steiner: »Die Beherrschung des Denkens hebt den Menschen über alle anderen Lebewesen hinaus. Doch macht es ihn sich selbst und der Ungeheuerlichkeit der Welt gegenüber zum Fremden.« (Warum Denken traurig macht, 2006, S. 77.)

46 Deutsche Lyrik seit 1945. Hg. v. Hans Bender, 1961, S. 174.

47 Vergleiche die Bezüglichkeit zu Goethes Wort: »Was ist herrlicher als Gold? Das Licht? Was ist erquicklicher als das Licht? Das Gespräch.«

48 Vergleiche schon Friedrich Nietzsche: »Gibt es noch ein Oben und ein Unten? Irren wir nicht wie durch ein unendliches Nichts?« (Werke in 3 Bänden. Hg. v. K. Schlechta, 1960, Bd. 2, S. 127).

49 Viele Gedichte nach 1945 gehen von einer völligen Aussichtslosigkeit aus; pars pro toto: das Gedicht von Felix Pollack *Abgesang* mit der Zeile *In einem schwarzen Sack / gibt es keine Visionen*. (Vom Nutzen des Zweifels. Gedichte, 1989, S. 185.)

50 S. o. Anm. 43.

51 Paul Celan / Nelly Sachs. Briefwechsel. Hg. v. Barbara Wiedemann, 1993, S. 40 ff.

52 Ebd., S. 58.

53 Martin Buber, Gottesfinsternis. Werke Bd. I, 1962, S. 599.

Erster Teil

»Sprache auf dem endlosen Weg«

Johannes Bobrowski

Paul Celan

FADENSONNEN
über der grauschwarzen Ödnis.
Ein baum-
hoher Gedanke
greift sich den Lichtton: es sind
noch Lieder zu singen jenseits
der Menschen.

Nelly Sachs

Wo nur finden die Worte

Wo nur finden die Worte
die Erhellten vom Erstlingsmeer
die Augen-Aufschlagenden
die nicht mit Zungen verwundeten
die von den Lichter-Weisen versteckten
für deine entzündete Himmelfahrt
die Worte
die ein zum Schweigen gesteuertes Weltall
mitzieht in deine Frühlinge –

Immanuel Weißglas

Zunder

Im Zunder nächtgen Zeitverfalls,
Mond, Säulenheiliger des Alls,
Wehr singend ich, mit schrumpfgem Arm,
Dem Rüden Ruhm, dem Krähenschwarm.
Ich blüh als stengellose Blume,
Und pflüge Kunst in nichtger Krume.
Ich harke Stille im Gezeter
Ins Kraut geschossner Schiefmaulbeter.
Als Strohstrunk halte ich hier Wache –
Ich schreck den Tod, und weck die Sprache.

Barbara Vajda

Sind dennoch Lieder …?
Für Paul Celan

Sind dennoch Lieder
zu singen jenseits
der Menschen? Woher
wir verstummen,
das dürfen wir niemals
verschweigen,
doch unsere Lippen, leichenstarr,
tauchen noch nicht in die tauenden
Wasser, wir würgen an
abgebissenen Zungen,
wir würgen und würgen,
die sterbenden Stimmbänder
summen noch immer das
Saitenspiel Sauls, seines Sängers,
sternverurteilt fugt er
die Töne, Todeszargen in
ausgerissenen Lungen …
endlosen Enden sammelnd
im Flusse des Wieder und
Wieder, der spült
das Erinnern nicht weg
an das Land der Meister des Todes
das längst schon kein Heimatrecht hat
bei den Dichtern …

Johannes Poethen

Die düsenjäger von eleusis
die busse von delphi
die staubfresser in den ämtern

vor ekel die sprache verschlagen
vor abscheu ins fremde versetzt

ich aber bin allein

dann hebt er an
mutterberg foukas
flößt mir bläue ein
füttert mich mit ganz kleinen strahlen

und alles redet jetzt drauf los
und alles will mich plötzlich sprechen
esel und weinstock und bruder elias

daß ich wieder stammle
daß ich doch wieder stammeln kann.

Michael Buselmeier

Eine Poetik

Ich kann das Wortgerinnsel
nicht mehr lösen
den ewigströmenden
Silbenfall

Die Flußebene glänzt
ein lichter
Himmelsstreifen unter dem
Abendgewölk

Phantasien vom leichten
Übergang satzweise
das wilde Bedürfnis
nach Heil

Als finge dein Herz
wieder
zu schlagen an
wärmender Regen

Rainer Schedlinski

diese unvordenkliche
lichtung
dort der worte
zwischen den
worten
den dingen die dinge
die sonnen ausser
schälen
sonnen sich
untergangs aus den
prospekten
schält bis auch die
nur noch erinnerung
erinnerung
alles andere abfällt
damit und
verdeckt
schwarzen siehst du
schnee den
auf den
seiten
sind gitter die zeilen
des menschen
sprache
gefängnis ein offnes
dort
gibt es
kein
draussen

Ilse Aichinger

Winterantwort

Die Welt ist aus dem Stoff,
der Betrachtung verlangt:
keine Augen mehr,
um die weißen Wiesen zu sehen,
keine Ohren, um im Geäst
das Schwirren der Vögel zu hören.
Großmutter, wo sind deine Lippen hin,
um die Gräser zu schmecken,
und wer riecht uns den Himmel zu Ende,
wessen Wangen reiben sich heute
noch wund an den Mauern im Dorf?
Ist es nicht ein finsterer Wald,
in den wir gerieten?
Nein, Großmutter, er ist nicht finster,
ich weiß es, ich wohnte lang
bei den Kindern am Rande,
und es ist auch kein Wald.

Joachim Sartorius

Was im Turm begann XVIII

Wenn der Wind von ihm läßt,
steht in jedem Baum die Schrift,
die wir suchen,
schwarz gegen den Abendhimmel.
Gegen den versagten Himmel
falten wir unsere Geschichte übers Eck
und dichten aus,
was im Turm begann,
im papierenen Versteck.

Ralf Rothmann

Zuspruch

Baum für Baum
entziffere die Schrift.
Äpfel duften
am schönsten nachts.
Komm zur Ruhe,
sei Gebet.
Reinige den Tempel
mit einem Lächeln.

Christoph Meckel

Rede vom Gedicht

Das Gedicht ist nicht der Ort, wo die Schönheit gepflegt wird.

Hier ist die Rede vom Salz, das brennt in den Wunden.
Hier ist die Rede vom Tod, von vergifteten Sprachen.
Von Vaterländern, die eisernen Schuhen gleichen.
Das Gedicht ist nicht der Ort, wo die Wahrheit verziert wird.

Hier ist die Rede vom Blut, das fließt aus den Wunden.
Vom Elend, vom Elend, vom Elend des Traums.
Von Verwüstung und Auswurf, von klapprigen Utopien.
Das Gedicht ist nicht der Ort, wo der Schmerz verheilt wird.

Hier ist die Rede von Zorn und Täuschung und Hunger
(die Stadien der Sättigung werden hier nicht besungen).
Hier ist die Rede von Fressen, Gefressenwerden
von Mühsal und Zweifel, hier ist die Chronik der Leiden.
Das Gedicht ist nicht der Ort, wo das Sterben begütigt
wo der Hunger gestillt, wo die Hoffnung verklärt wird.

Das Gedicht ist der Ort der zu Tode verwundeten Wahrheit.
Flügel! Flügel! Der Engel stürzt, die Federn
fliegen einzeln und blutig im Sturm der Geschichte!

Das Gedicht ist nicht der Ort, wo der Engel geschont wird.

Arno Reinfrank

Das weißumrissene Quadrat

Noch bleiben auf der Elemententafel
Quadrate weiß für neue Formeln,
in die hinein die Poesie der Fakten
Gott als Metapher für das Unerforschte stellt.

Da steht Er flüchtig ohne Dimensionen,
den größten der Brahmanen sichtbar
nicht länger als ein Elektronenblitz
und mathematisch nicht zu fassen.

Das Unsagbare kann auch der Poet
nicht sagen, aber sagen kann er wohl,
daß es unsagbar ist in dem Quadrat,
das weiß die Wissenschaft Ihm offenhält.

Hans Magnus Enzensberger

Nimbus

Auch eines von diesen Worten,
die sich davongemacht haben, lautlos,
»Nebelhülle der Götter auf Erden,
Strahlenglanz«.

Nur unter Meteorologen
fällt es noch, gelegentlich,
wenn tiefhängende Regenwolken
über die Chemiesteppe ziehen.

An solchen Tagen geh ich gern
ins Museum, oder, im Hochsommer,
in eine Kirche, wo es kühl ist,
und betrachte ungläubig

die Heiligenscheine.

Erich Fried

Gegengewicht

Das Gedicht
wird richtiger
Die Welt
wird falscher

Ich streiche
das Unnötige
Das Nötige
wird deutlich

Die Welt streicht
das Nötige
Das Unnötige
wird verschwommen

Die Welt
macht mir Angst
Sie ist schwächer
als ein Gedicht

Michael Groißmeier

Eine Sprache wünsch ich mir

ruhig und klar
wie ein Bach-Choral.

Wort um Wort so setzen,
daß eine Leiter entsteht,

mit der sich etwas ersteigen läßt,
eine Aussicht gewinnen,

einen Ruhepunkt
unter der Fermate.

Günter Grass

Nächtliches Stadion

Langsam ging der Fußball am Himmel auf.
Nun sah man, daß die Tribüne besetzt war.
Einsam stand der Dichter im Tor,
doch der Schiedsrichter pfiff: Abseits.

Harald Hartung

Das lange Gedicht

Die jähe Kühle
inmitten der Hadesgestalten –
das könnte aus einem Gedicht sein
Blau käme mehrfach drin vor
einmal auch *gülden*
wüßte man nur was das meint

Alfred Kolleritsch

Das Warten auf Tage,
die das Wort erlauben:
wenn der Himmel zurückkehrt zu jemandem,
der den Himmel zum Himmel macht.

Lange sind sie ausgeblieben,
erschreckt von dem Handschlag;
der ein für allemal
das Bild für die abertausend
Bilder besaß.
Der Handschlag der Jünger
für ein Gericht.

Da ist nun ein Ort.
Ein langsamer Vogelschwarm
kreist ihn ein.

Dort oben beginnt ein Lied.
Und Ding um Ding
bekehrt sich zu den Tönen,
langsam,
noch nicht erwartet:
der Zufall.

Werner Laubscher

So zeilenweis
so schichtweis
Worte
hinter Firnis und Glas
Worte wie Hagel
Worte wie Schnee nichts anderes
und nicht mehr
während die Vögel
hochfliegen
und aufpicken
das Firmament
daß es aufspränge
daß aufreiße die Erde
quer über die Meridiane
über die Bergschultern
die Haine die Zeit
daß aufsprängen
die Schläfer
die schlafenden Wachen.

Wilhelm Szabo

Widerrufung

Ich widerrufe die Lieder,
der einsamen Trübsal geweiht,
verleugnend die Not der Brüder,
verhehlend die Schande der Zeit.

Ich widerrufe die Weise,
einschläfernd den Zweifel, den Zorn,
die Klage, zu kleinlaut, zu leise,
zu lecken wider den Dorn.

Ich verschwöre den Vers, der ans Schöne
das schmucklos Getreue verriet,
die eitlen, verbildeten Töne,
ums Ohr nur der Satten bemüht.

Abschwör ich die feilen Gesänge,
daran mir die Kehle verdorrt.
Daß spät mir zu sagen gelänge
das wahre, das rechte Wort!

Friederike Roth

Ruhe geträumt gelegentlich sommers.
Still in der Hitze standen die Tage.
Aber als dann
aus den gedachten Himmeln
wieder die Raben
ins vergoldete Herbstgerippe sich stürzten
schrien sie im Fall
meinen eigenen Schrei

Emporerwacht hinein
in den Alptraum aus Schweiß und
Keuchen und Stöhnen, Lebensangst, Todesangst, diesen
Wirbel aus zuckendem
Daseinsverlangen

Im Schweigen ein Schrei
Im Geschrei ein Riß in die Stille
In die Fingerspitze ein Stich.
Ein Tropfen Blut.
Restsüße. Rest.
Schweißtröpfchen über der Lippe.

Überwältigt, beruhigt fast darüber, daß
alles so ist wie es ist und nicht
anders sein kann, und jeder Tag hat
seine eigene Plage, Gleichförmigkeit bohrende
Gleichwertigkeit alles

Plötzlich alles wieder so fremd selbst die Fichte
vor meinem Fenster so drastisch so laut

überschneidend das Vogelgeschrei,
wär ich ein Vogel, wär ich ein Baum,
ach wäre ich Luft bloß

Spröde geworden die Haare und die
Gesichtshaut vertrocknet, Fingernägel so
brüchig, also ein Hinweis auf einen
fundamentalen Mangel von was bloß, die
Außenwelt wie verlangsamt und seltsam
schrill selbst die Stille, also
doch lieber Wörtchen an Wörtchen gereiht
solange es geht ein Wörterkorsett, das rettet.

Dorothee Sölle

Gib mir die gabe der tränen gott

Gib mir die gabe der tränen gott
gib mir die gabe der sprache

Führ mich aus dem lügenhaus
wasch meine erziehung ab
befreie mich von meiner mutter tochter
nimm meinen schutzwall ein
schleif meine intelligente burg

Gib mir die gabe der tränen gott
gib mir die gabe der sprache

Reinige mich vom verschweigen
gib mir die wörter den neben mir zu erreichen
erinnere mich an die tränen der kleinen studentin in göttingen
wie kann ich reden wenn ich vergessen habe wie man weint
mach mich naß
versteck mich nicht mehr

Gib mir die gabe der tränen gott
gib mir die gabe der sprache

Zerschlage den hochmut mach mich einfach
laß mich wasser sein das man trinken kann
wie kann ich reden wenn meine tränen nur für mich sind
nimm mir das private eigentum und den wunsch danach
gib und ich lerne geben

Gib mir die gabe der tränen gott
gib mir die gabe der sprache
gib mir das wasser des lebens

Nicolas Born

SF-Poem

Das grüne Dickicht der Technik
    die fühlende Materie
die wächst und wächst
                    der Riß
der durch die Schatten geht
ES IST JETZT SO
    DASS SICH JEDER IM ANDEREN ERKENNT
prämierte Träume regeln die ›Wirklichkeit‹
    so daß wir hell sein können und dunkel
Leer-Räume warten darauf mit neuen Dingen
    gefüllt zu werden
genug Schuhe sind hergestellt
    für Weltumgehungen rund um die Uhr
genug Tische
    für runde und quadratische Gespräche
keine Gewinne keine Verluste
zum erstenmal heften wir eine unblutige
    Weltkarte an die Wand
und die große wunderbare Wortvermehrung
ist die große
            wunderbare Brotvermehrung
ein Buch ist ein Brot
    und jedes Wort verwandelt sich in eine Frucht
jeder Gedanke ist die Erfindung einer Bewegung
und der Schmerz dazusein ist das Glück dazusein
    doch der Feind
befreit sich immerfort
    von seinen Leichen
er geht
    und kommt nicht weiter

Wir haben die Ruder mit Tüchern umwickelt
und unser langsamer Algentraum
    treibt auf die goldenen Berge zu
und aus den Grabhügeln gefallener Partisanen
    wächst Spielzeug wie rotlackierter Löwenzahn
    das uns ansieht
Auf der andern Seite sehen wir
die Verfasser alter Verfassungen verkleinert
    auf Buchstabengröße
Der Wind dreht
    und wir sind jetzt die riesige Bewegung
    aus Tönen und Farben.
Wir sind die Verräter der Geschichte
wir sind die tobenden Liebhaber der Erde
wir sind die fühlende Materie
    die wächst und wächst
wir sind es die die See verkochen
    zu einer reichhaltigen Fischsuppe
wir stöhnen in der Glückstrommel
wir entmachten die Mathematik
wir schälen Küsse mitten im Kampf
wir ruhen in uns
    Jedes Wort ist eine Tätlichkeit und eine zärtliche
Berührung des Lebens
alle Spiegel ruhen ohne Gesicht
    in den Innentaschen der Toten
unsere Gefühle dringen dem Feind durch die Poren
er greift nur noch tagsüber an wenn wir
    unerreichbar auf vergessenen Wegen gehen
und uns nachlässig in die Natur hinein vermehren

Die ENERGIEN singen
zu spät fängt der Feind an seinen Körper
    zu entdecken
der WILLE ZUR MACHT schmerzt
    in den Eingeweiden
kein Gedanke mehr zwischen uns
    nur offene Gewässer und Überläufer
In Augenblicken fordern wir
    ein Königreich für unsere Zwecke
dieses alte Wort stellen wir provisorisch
    in den Raum
und schon projiziert uns der Feind
    ein Königreich in die Gestirne
mit dem ganzen höfischen Gezucke
er nutzt unsere Schwäche und überschüttet uns
    mit Flitter
versucht uns Warenhäuser einzupflanzen
    helle futurologische Dome
    voller abwesend summender Verkäuferinnen
wir ducken uns unter dem tastenden
    weltweiten Lichtstab
wir bringen Geschichten in Gang
wir streicheln uns
                    wir streicheln die Erde
der Feind muß saufen von unsern Gefühlen
und Energien befreien sich
    die auf Mikrofilmen niedergehalten wurden

Drakonisch setzt er seine Symphonieorchester ein
deren Schallwellen ihn selber hinaustreiben
    in das Farb-Negativ der Geschichte
Der letzte Ansturm
    löst sich auf in der letzten Bewegung
und langsam wird dieser Geschichte
    der Ton abgedreht

Hans Arp

Ihr dummen kleinen Tage

Ihr dummen kleinen Tage
kommt euch denn nie
ein Sterbenswörtchen von Erlösung
über eure gemalten Lippen?
Kniet ihr denn nie mehr
vor einem Kreuz?
Ihr dummen kleinen Tage
ihr kennt nur Kommen und Gehen.
Wißt ihr denn nicht
daß euch jeden Augenblick
die heilige Unendlichkeit anblickt?

Ingeborg Bachmann

Schranken

Zündest du Lichter an
und große Feuer
mit weiten Scheinen
ohne Ende.

Wirfst du in schleiernden Rauch
züngelnde Fackeln,
streust du aus Augen und Herz,
was du besitzt.

Immer nur ist es Versuch,
tastender Weg,
immer dein Bild nur,
das du vom Lichte trägst.

Rose Ausländer

Wann ziehn wir ein

Wann ziehn wir ein
ins besamte Wort
Löwenzahnhaus
feingesponnen
im luftfarbnen Licht

Kein Luftschloß
Wortall
jedes Wort
in der Kugel
ein Samen

Wann graben wir aus
den verschütteten Quell
werfen alle Münzen
in den Brunnen
schöpfen Wassersterne
für die Löwenzahnwiese

Wann ziehn wir ein
in den Löwenzahnstern
ins besamte Wort

Urs M. Fiechtner

Was sind das für Zeiten
(Antwort für Bertolt)

Was sind das für Zeiten
in denen man sich entschuldigen muß
für ein Liebesgedicht.

Die Zeiten waren nie anders.
Schon immer umstanden die Hungernden
mit fordernden Augen die Welt.

Schon immer versuchten die Heuchler
unsere Lieder zu enteignen
zu kaufen, zu entstellen.

Unsere Gedichte aber, unsere Gespräche
schließen kein Schweigen über die Gegenwart ein.
Sie bereiten den Boden für eine andere Zeit.

Elazar Benyoëtz

Worte spinnen und zerreißen
die Ewigkeit,
die sie verheißen

Entsprechung –
nicht Genauigkeit
ist das Ziel der Dichtung

Dichtung – die Sprache der Poesie;
Gedicht – die Poesie der Sprache

Die Stimme des Gedichts –
die Stimme eines
auferstandenen Wortes

Christoph Wilhelm Aigner

Weshalb anklagen? Ich bin froh,
daß ich diese Welt sehen darf.
Nur denke ich nach, auf welche Weise
es möglich ist, diese Welt wahrzunehmen.
Also erfinde ich Bilder. Oder finde ich?

Christine Busta

Lang ist das Licht unterwegs,
manchmal inmitten der Nacht
kommt ein vergangener Stern an.

In uns bauen uralte
Himmel sich neu und leuchten,
also vollziehn wir noch immer
Botschaft des ersten Lichts.

Auch die Geduld unsrer Liebe –
Wunder, in wievielen Nächten
unerkennt ausgestirnt –
wen wird sie einmal erreichen?

Elisabeth Borchers

Optische Zivilisation
oder 7 Sonnenstühle von David Hockney

Leer
Alles leer
Die Stühle
Der Platz unterm Schirm
Das große Haus
Das kleine Haus
Die Fenster, die Türen
Die Palmen, die Psalmen
Sand und Strand
Wasser und Wind
Weder Mensch noch Tier

Und alles redet und schweigt
und ruft

Kay Borowsky

Der richtige Wanderer bringt
seine Wegweiser mit.

Verse: Wanderstäbe,
viele werden gebraucht.

Gedichte: nicht Wege –
Zeichen in der Unwegsamkeit.

Auf dem Heimweg
ins Offene.

Horst Bienek

Wörter
meine Fallschirme
mit euch
springe
ich
ab

Ich fürchte nicht die Tiefe
wer euch richtig
öffnet

schwebt

Peter Baumhauer

Mitten im wort
in unserem wort
mitten in meinem

ist
die es immer gebiert
die ewigkeitsilbe
und nennt sich
und nennt sich

mitten in mir
lockt mich
ihr lichtlaut

Wolfgang Bächler

Für Peter Huchel

Eine Mitternacht bleibt stehen
wie ein Messer,
das man nicht zuklappen kann,
eine ungeschwächte Stunde
mit geschärften Sinnen,
nachdem du gegangen bist.

Ein Zwiegespräch mit dem Licht.
Vieles steht um mein Dasein herum,
vieles fällt mir ins Wort.
Bin ich schon in meinem Gedicht
oder frag ich mich erst hinein?

Werner Dürrson

Sprache

Erst Krücke
dann Stab dann
Messer

jetzt Mitte

die Achse die
in mir wühlt

Johannes Bobrowski

Sprache

Der Baum
größer als die Nacht
mit dem Atem der Talseen
mit dem Geflüster über
der Stille

Die Steine
unter dem Fuß
die leuchtenden Adern
lange im Staub
für ewig

Sprache
abgehetzt
mit dem müden Mund
auf dem endlosen Weg
zum Hause des Nachbarn

Günter Kunert

Poetologie letzter Hand

Auf dem Grund der Gedichte
ruht alles Unsagbare.
An die Oberfläche gezwungen
löst es sich auf
in Vokabular.

Eugen Gomringer

worte sind schatten
schatten werden worte

worte sind spiele
spiele werden worte

sind schatten worte
werden worte spiele

sind spiele worte
werden worte schatten

sind worte schatten
werden spiele worte

sind worte spiele
werden schatten worte

Hans Keilson

Sprachwurzellos

um die geheimnisse
des konjunktivs
die zeit der bunten bälle
mühte ich mich
vergebens
an den grachten
die neuen freunde grüßend
und sie nennen mich mijnheer

unter den windseiten
der brücken
– es war eine hohe flut –
beim grünspan der türme
im keller das volk der asseln
zerbrach die goldene grammatik
barbara schrie

dames und heeren –
also lernte ich ihre sprache
der himmel darüber
hütspot und bols
wurzellos
ein pfad im gekröse
der zeltlager
und weiß mich gedemütigt
in der wollust
verdorrter schriftzeichen

Artur Maria Schilling

Hymnus

Sprache –
Gedächtnis der Menschen.
Buch,
das sagt und berichtet,
wie oft
der Tyrannis
Blindheit
die Städte geöffnet
und wann
Samariter gelebt.
Sprache –
Schleier und Spiegel,
Münze und Messer,
Versprechen,
Gebet.
Sprache –
Notruf der Völker,
Beweis
und Gericht.
Tempel des Geistes.
Sprache –
Unbesiegbares Licht.

Felix Philipp Ingold

Die

wahre Wunde wandert
westwärts. Worte
wagen wie was Wirkliches. Wie
Wolken. Warten wir
wer weiss was Wunder. Welche
Wüsten Wiesen werden.
Welche Winde Widerstände. Winters
wohl woanders wohnen.
Weshalb Wahrheit wissen wollen.

Uwe Kolbe

Wir leben

Wir leben in den Räumen
zwischen den Klopfzeichen der Toten,
zwischen ihren Chiffren
in unseren Worten
und ihren ehernen Namen,
unter ihren Signalen auf Halbmast.
Wir leben, gekrümmte Lettern,
Schlangen und Salamander.
Die Toten wohnen tiefer
und, schlagen wir sie heraus,
aufrecht noch im Pflasterstein.
Unser schiefer, fragender Gang
auf ihrem Chorsatz.

Wulf Kirsten

satzanfang

den winterschlaf abtun und
die wunschsätze verwandeln!
saataufgang heißt mein satzanfang.
die entwürfe in grün überflügeln
meiner wortfelder langsamen wuchs.

im überschwang sich erkühnen
zu trigonometrischer interpunktion!
ans licht bringen
die biografien aller sagbaren dinge
eines erdstrichs zwischenein.

inständig benennen: die leute vom dorf,
ihre ausdauer, ihre werktagsgeduld.
aus wortfiguren standbilder setzen
einer dynastie von feldbestellern
ohne resonanznamen.

den redefluß hinab im widerschein
die hafergelben flanken
meines gelobten lands.
seine rauhe, rissige erde
nehm ich ins wort.

Michael Krüger

Mittag

Über uns, in der Krone des Baumes,
schreien die Vögel. Eine Falle,
die sich langsam schließt. Bleich
kocht die Sonne ihr Mahl
für die Spinnen.

Die Turmfalken zeichnen
den Grundriß eines Labyrinths
um unsere stocksteifen Körper,
das Licht verrammelt den Ausgang.

Die Worte verlassen die Bücher,
das gesetzte Gefängnis
der Orthodoxie. Leere Seiten
rollen sich knisternd zusammen.

Wie ein erlöschendes Andenken
zerflimmert die Ferne. Ach,
seltsame Schönheit der Stille,
mittags, unterm sengenden Blick
des großen Improvisators.

Felix Pollack

Ad Poetam

Sag niemals *Licht*,
du siehst es nicht,
nur worauf es fällt,
was es erhellt:
die Blume und ihren
    (satten oder matten)
Schatten.

Jedes Gedicht
ist ein Versuch
ein Jetzt
in ein Dann
zu retten.

Es ist nutzlos,
von deiner Trauer
oder Freude
zu sprechen.
Alles, was du kannst
(wenn du es kannst) ist,
so traurig
oder freudig
machen,
wie du bist.

Thomas Kling

Über das Bildfinden II

aber die sprache,
aber die sprache,
aber die sprache:

dies ständige, ständige,
vollständige fragment

Kurt Marti

Schriftgelehrte

peter hille:
… gotteserörterer …

sie örtern
wir örtern
gott
vergeblich
mit wörtern
    denn
er ist der
geist
und läßt sich nicht
örtern
        er ist das
        wort
        und läßt sich nicht
        wörtern

Rainer Malkowski

Was geschah

Was geschah, was
war
da als nichts
war –
und doch etwas, das
blieb?
Kein Versäumnis.
Nicht Schuld.
Etwas, das sich erfüllte.
Wie schwer
die Zunge sich tut
in jener deutlich erinnerten
vergessenen
Sprache.

Christine Lavant

Hören, Hören! – O Du Mein Gott –
nur Taube wissen, wie Hören tut,
und warten im Eisblock des Schweigens
auf dein lebendiges Wort.
Auch Menschenstimmen warten sie ab
mit ihrem sanften gehorchsamen Willen
und ihr Lächeln sagt zu den Lauten: Ja –
und gefriert dann wie Tau in Novembernächten.
Sie wissen, daß sie im Irrtum wohnen,
in einem Schuldturm aus Mißverständnis,
und es zittert in allem, was sie bezeugen,
die Qual des Verwechselns.
Selten wagt sich ihr Herz herauf,
um eine Antwort beherzt zu machen,
wenn sie doch einmal sich angesprochen
wähnen und freudig erschrecken.
Aber ihr Leben – o du mein Gott –
ihr Leben ist dennoch erfüllt von Verheißung,
daß du in ihr Fleisch kommst als dauerndes Wort
und den Schuldturm zum Tempel verwandelst.

Inge Müller

Die Unauffälligen

Die stolperten weil sie den Weg sahn
Die stotterten weil sie die Sprache verstanden
Die fielen weil sie aufstanden
Gegen die Kälte
Mit Selbstsucht
Sie machen sich nichts vor
Wenn kein Wort mehr hilft
Finden sie ein neues
Im Sterben
Planen sie
Das Leben.

Reiner Kunze

Dichterverleger

Für Ryszard Krynicki

Für die existenz der poesie
die existenz riskieren

Die halbe bibliothek verkaufen,
um ein buch zu drucken

Es heften
mit dem eigenen lebensfaden

Richard Exner

Wer im Gedicht

Wer im Gedicht
von Gott
vom Feuer
spricht kann sich
die Worte
sparen

denn ER hört nicht wie wir
nur jedes zehnte Wort –
ER weiß nach
zweien schon, was
es geschlagen

ER hört auch wenn ER weg-
hört und nur selten mit
uns spricht

SEINE Berührung
ist ein Pfeil der
jede Faser
trifft

Ein Schnitt aus Licht.

Hilde Domin

Genesis

Das Wort
der Blick
ändern
erschaffen die Wirklichkeit
den Traum der Wirklichkeit
den Angsttraum der Wirklichkeit
die Wirklichkeit

ihren Kern

Walter Gröner

Furä

Kleiner Kanzelweltpunkt,
Großer Silberbrennofen,
Schmelzstatt der Kuppel;

Tritt, der auf Schlacke knirscht,
Auge im Funkenkreuz,
Mitte verlodert:

Da möchten wir einmal hergehn
Und derartiges irgendwem sagen,
Oder irgendwen oben vorfinden,
Ohne daß Asche zu Asche sinkt,
Ohne daß Sinn vom Mund fällt:

Deswegen gilt, daß Könige über euch sitzen,
Freundlich, machtlos, die Zunge am Wort.

Durs Grünbein

Erklärte Nacht

Der Vers ist ein Taucher, er zieht in die Tiefe, sucht nach Schätzen
Am Meeresgrund, draußen im Hirn. Er konspiriert mit den Sternen.
Metaphern sind diese flachen Steine, die man aufs offene Meer
Schleudert vom Ufer aus. Die trippelnd die Wasseroberfläche berühren,
Drei, vier, fünf, sechs Mal im Glücksfall, bevor sie bleischwer
Den Spiegel durchbrechen als Lot. Risse, die durch die Zeiten führen.
Philosophie in Metren, Musik der Freudensprünge von Wort zu Ding.
Geschenkt sagt der eine, der andre: vom Scharfsinn gemacht.
Was bleibt, sind Gedichte. Lieder, wie sie die Sterblichkeit singt.
Ein Reiseführer, der beste, beim Exodus aus der menschlichen Nacht.

Dorothea Grünzweig

Poetik

Die Gemarkung voll streunender Bilder
Vertriebene die ein verborgenes Land
ausspeit aus Schloten und Kratern

Schienen uns die Fremden nicht derart vertraut
daß wir denken sie könnten
von uns stammen
lägen sie uns nicht am trommelnden Herz

Jetzt wo Gefahr droht müssen wir handeln
holen sie in unsere Bleiben
unbefugt wie sie sind wird es heißen
Weg damit
Es kommen die Hüter der Ordnung bestimmt
handeln wir so werden sie vorübergehen
nicht ahnen
welche Schätze hinter den Wänden brodeln

Wir mit unseren Wortbleiben
die wir die schützende Sprache haben
das einzige was uns gehört
werden den Fremden nahelegen
sie müssen fliehen zu uns
unseren sichersten Schlupfwinkeln
die so winzig sind und so weit
wie nur Worte es sein können

Diese werden Ruhe ausströmen
ihnen den Wunsch schenken seßhaft zu sein
sich bei uns einzunisten

Sonst ist es doch um sie geschehen
man wird sie für irr erklären
und ihnen die Farben auslassen
in geschlossenen
sargweißen Sälen
bis nur noch Strich bleibt
und Leere

bis sie vergehen

für Sophie Zerchin

Klaus Hensel

Spielregelspiel

Dichtung ist nicht automatisches Sprechen; und auch nicht Experiment. Sie ist unvorhersehbare Bruchstelle, By-Pass, Komplement zur Natur; ein Wurfspiel, bei dem jeder Wurf von Spiel zu Spiel die Regeln ändert und bei dem trotzdem alles gleichbleibt.

Ulla Hahn

Fang

Mit Dichtung mußt du was an
fangen können eine Reise
um die Welt einen Fisch
aus dem Meer – anfangen
wie eine Liebe mit vierzehn
fangen den Ton aus dem Jägerhorn

Mit Dichtung mußt du was an
fangen wollen die Fahrkarte
mußt du schon selber kaufen
oder die Angel den Engel
nicht leugnen wenn er dich ruft
trau dich ihm zu folgen

im Flug ohne Angst
vor dem Absturz oder
der anderen Welt
in die er dich führt
als wärest du dort
schon immer zu Hause gewesen

Stephan Hermlin

Wenn nun niemand hörte

Wenn nun niemand hörte? Auch das neue Geschlecht nicht,
Mit dem entschlossen du die erschütternde Straße ziehst?
Sei still in dir und befrage dich: Mußt du erst recht nicht
Sagen vom Unsagbaren, das du im Sagbaren siehst?

Keine Zweifel vermögen das Ja zu gefährden,
Und die Gefahr, daß deine Stimme im Rufen vergeht,
Überwältigt empfängst du sie. Denn du weißt: einmal werden
Fernere sein in der Größe, vor denen dein Sagen besteht.

Jedem ward seine Stimme. Die deine, in Nacht zu verkünden
Von diesem Nach=der=Nacht, eilt deinem Wege voraus,
Den du ständig tätig bejahst. Doch deine Worte finden
Auf diesem Wege noch kein bereitetes Haus.

Darum ist deine Nacht fatal. Doch im fahlen Gemäuer
Ringe unendlich mit der gewußten Gestalt.
Singe sie maßlos auf steinigem Weg. Und teuer
Wird da auf einmal Vielen, was Wenigen galt.

Peter Huchel

Keine Antwort

Aufs schwimmende Nebelhaupt
der Eiche
setzt sich die Krähe.
Der Katzenbalken ist leer.

Schatten von dürrem
Weingerank
an der Zimmerdecke.
Zeichen,
von eines Mandarinen Hand
geschrieben.

Das Alphabet,
das du besitzt,
reicht nicht aus,
Antwort zu geben
der wehrlosen Schrift.

Matthias Hermann

Gebot

In der Glaslade der Sprache
Wohnt das Eine, das
Einzige Gedicht
Und verbietet uns
Bildhaftigkeit.

Michael Hamburger

Mr. Freudearms Gebet

Logos, Wort, bevor die Welt bevölkert wurde,
Nimm zurück deinen Nachwuchs an Wörtern, Wörtern, Wörtern,
Deren lallender Geschlechtsverkehr, kaninchenhafte Vermehrung
Gegenwelten schafft, vollgestopfter als Untergrundzüge
Nach Geschäftsschluss, mit einigen ohne Aussicht sogar
Auf ein blosses Bett im Obdachlosenasyl; und mit keinem Malthus,
Vor ihrer polymorphen Promiskuität zu warnen – viel weniger sie zu verbieten.
Oh, und unsterblich, dank Schreibtafel, Papier,
Übersetzer, Totenbeschwörer, Leichenschänder,
Für welche die Lebenden nicht gut genug sind,
Zu verwirrt, zu nachlässig, zu hässlich oder zu fad.
In unaufhörlich wachsenden Friedhöfen, Bibliotheken
Kopulieren sie von neuem, pflanzen sich hemmungslos fort,
Tote mit Toten oder Lebende mit Toten.
Weise sie in ihre Schranken zurück, Logos, zügele den lexikalischen Mob.

Wenn ich jetzt spreche, so um einen Raum zu schaffen,
Wo Dinge Dinge sind, namenlos werden in deinem Namen.

Sei in diesem engen Schweigen, Wort, und fülle es aus.

Helmut Heißenbüttel

das Sagbare sagen
das Erfahrbare erfahren
das Entscheidbare entscheiden
das Erreichbare erreichen
das Wiederholbare wiederholen
das Beendbare beenden

das nicht Sagbare
das nicht Erfahrbare
das nicht Entscheidbare
das nicht Erreichbare
das nicht Wiederholbare
das nicht Beendbare

das nicht Beendbare nicht beenden

Peter Härtling

Kiesel
wie Köpfe
auf dem Grund der Seen.
Königskinder,
die ihre Sprache
verloren haben
an Geschichten
von Nixen
und gesunkenem
Licht.
Wenn sie beginnen,
ans Land zu steigen,
fallen die Uhren
aus ihrer Zeit.

Kurt Heynicke

Worte der Ehrfurcht

Wir haben Gott
aus seinem Namen verloren.

Wir schütteln das Alphabeth
und buchstabieren ihn neu.

Ihm ist jedes Wort recht.

Und keines.

Karl Krolow

Wörter kommen zu Wort

Manchmal gibt es noch Schätze:
Wörter kommen zu Wort.
Die unentdeckten Sätze
harren in einem fort,

warten nur auf das Finden –
wie sie verlauten und wie
sie leben vor ihrem Verschwinden
in der Wörter-Agonie.

Eigentlich nie geheuer
waren sie lebenslang,
lebten vom eigenen Feuer,
das aus den Silben drang.

Jürgen Rausch

Aus Erde sind wir,
und alles,
was wir gemacht haben, ist
auch aus Erde.
Dieser Gedanke ist Erde.
Die Waffen, die den Denker bedrohen,
sind Erde
– Enkel von Erzen, im Feuer gezeugt –,
und Feuer selber
ist Erde.

Das Tier, das wir schlachten,
das Gras, das es fraß,
die Toten
sind Erde –
schon eh sie verwest sind.

Auch du,
banges, spaltbares Ich,
in dem die Erde
›Erde‹ zu sagen begann,
bist Erde. Durch viele
Windungen trieb sie
den kleinen Geiser
dieses Gedichts
in die Höhe.
Zurückblieb
der winzige, dunkle
Krater des Mundes,

ein Stollen ins Bergwerk
und immer wieder
verschüttet von Erde.

Jürgen Rennert

Metaphorisch

Von Erde zu Erde. Die Metapher bin ich.
Das Ahnen unserer Ahnen im
Unschlüssigen, nicht geschlossenen
Bild einer Ahnung: Ich
Bin die Metapher. Von Mund zu Mund.

Von Bild zu Bild scheine ich auf
Und hindurch. Reduziert auf die Syntax,
Bin ich unnennbar, ungreifbar,
Verloren von Erde zu Erde. Erst
Was ich sage, sagt mich.

Weder Pfosten noch Tür, doch im Dunkel
Der Spalt. Das Durchscheinende
Verrät ihn, verrät uns. Unmetaphorisch
Sind wir Labiale. In stummer Erwartung
Vokalisierenden Lichts. Von Himmel zu Himmel.

Robert Schindel

Wortsucht

Schließlich muss ich in der Sprache
Auf die Sprache losgehen, einzelne
Wörter aufschneiden, daweil mir das Blut
Gefriert, herausnehmen den Kristall
Aus dem Wort, eben den unumstößlichen.

Unangenehm ists, ins Wort zu gehen
Statt ins Wirtshaus. Abermals
Senken sich Götter auf Augenhöhe
Und strahlen mich ab, pflichten
Mir zu.

Eva Strittmatter

Ursubstanz

Die Worte sind wie Quecksilbertropfen.
Sie sind so flüchtig und rollen davon.
Sie sind kein Material zum Beklopfen.
Und sie sind auch kein geduldiger Ton.

Man glaubt sie zu fassen, für immer zu halten.
Und stößt sie in Wahrheit nur weiter fort.
Es gelingt einem manchmal, den Kern aufzuspalten.
Man gerät an die Ursubstanzen im Wort.

Man spürts an der eisigen Herzbeklemmung,
Die einen bei diesem Fange befällt.
Denn man greift mit frevelhafter Enthemmung
Nach der Ursubstanz von Leben und Welt.

Helmut Zwanger

Lesarten

Und Gott sprach:
Es werde
Licht!

licht

Zweiter Teil

»Die Wirklichkeit ist nicht die Wahrheit«

Erich Fried

Erich Fried

Realitätsprinzip

Die Menschen lieben
das heißt die Wirklichkeit hassen.
Wer lieben kann
der kann alles lieben
nur sie nicht

Die Wahrheit lieben?
Vielleicht.
Erkennen kann Lieben sein.
Aber nicht die Wirklichkeit:
Die Wirklichkeit ist nicht die Wahrheit

Was wäre das
für eine Welt
wenn die Wirklichkeit
diese Wirklichkeit rund um uns
auch die Wahrheit wäre?

Die Welt vor dieser
Wirklichkeit retten wollen.
Die Welt wie sie sein könnte lieben:
Die Wirklichkeit
aberkennen

Hans-Jürgen Heise

Vorbehalt gegen Descartes

Die Einschläferung des Schlafs
führt in einen Reizzustand
schmerzender Klarheit
– diese Narkose
traumlosen Bewußtseins
trübt das Zyklopenauge
der Vernunft

Esther Dischereit

Jüdische Renaissance III

Geht mir das Herz auf
bei Rindern und Schafen
bei den Winden
Disteln und Steinen
die sich hinter meinem Hochhaus
verkriechen

An bestimmten Tagen
werfe ich meine Kleider weg
verhülle mein Gesicht
vor einem Anderen
steige aus und lösche
die Glut meiner Zigarette
von den weltlichen Tagen

Sag gibst du mir ein Zeichen
dieser Tage
Alte Gesänge haben Konjunktur
tagwärts zu leben
ist anstrengend

Will meine Glauben
wieder haben und dich
beschützen vor der Kälte
der Vernunft

Nimm die Hand gegen die Kälte
und reibe sie mit mir

Elazar Benyoëtz

Offenbarung ist keine Aufklärung

»Die deutsche
Aufklärung
ist immer nur
eine aufgeklärte
Theologie
gewesen.«
Ludwig Stein

Theologie
bringt den Schöpfer
zur Vernunft

Johannes Poethen

Aufklärung

Sag was du denkst
mußt dich nicht umdrehn

keine opfersteuern
kein gebetshauch

mußt nicht niederknieen

der liebe gott ist nicht mehr bös

sag nur was du denkst
wir haben alles aufgeklärt

Ulla Hahn

An den Mond

Füllest wieder Busch und Tal …
und bist doch selbst schon seit
Raketen-Ewigkeiten Grund
besitz der NASA – real estate

Meine Augen aber noch immer
die der heidnischen Sappho
und des frommen Claudius
sehen dich als runde beleuchtete
Scheibe oder als ☾◗

Und noch immer
schaust du auf mich herab
(und auf die NASA)
und zwingst mich
wie meine neolithischen Ahnen
die Augen zum Himmel zu heben

und mitunter lösest du
endlich auch einmal
meine Seele ganz

Josef Hasl

Eingeständnis

Verzichten wir
auf die Versteckspiele
des Intellekts
auf seine wurmstichig
gewordenen Veränderungsneurosen
die den Erdball
leer und leblos machen

Rufen wir uns
ins Bewußtsein
daß wir Lebendige sind
Schneegekrönte
von Strömen
Fruchtbare

Vertrauen wir darauf
Daß unsere Hände
im Dunkel wachsen
um anderswo
die Tore in die Verwandlung
zu bauen

von Finsternissen durchschürft
von Ebenen
erleuchtet
fortwährend auffindbar
im Eingeständnis
der Endlichkeit

Arnim Juhre

Anzeigen

Achtbare Väter, liebevolle Mütter,
lustige Söhne, entzückende Töchter,
zarte Babys! Ab Dezember werden
BOAC's beliebte Comet-Jets
Sie von Europa nach Johannesburg
in nur 19 ½ Stunden fliegen.

GERADE DU BRAUCHST JESUS! Kostenlos
sende ich jedem, der mir schreibt.

Nicht am Essen sparen,
sondern beim Einkauf!
TAGESSPIEGEL, Seite neun.
Waren Sie schon bei C&A?
Zum Glück gibt's STÜCK,
ein Weinbrand, der fröhlich macht.

GERADE DU BRAUCHST JESUS! Höre auch
am Rundfunk meine Sendungen.

Spürst du nun, wie wohl das tut?
Ja, wirklich, und es hilft auch gut:
KLOSTERFRAU MELISSENGEIST!
Der gute Geist in jedem Haus,
nur echt in der blauen Packung!
Dreimal täglich einen Eßlöffel voll.

GERADE DU BRAUCHST JESUS! Jeden Abend
neunzehn Uhr fünfzehn bis dreißig.

Achtbare Väter, liebevolle Mütter –
CREME MOUSON MIT TIEFENWIRKUNG –
lustige Söhne, entzückende Töchter –
PFLEGT GESICHT UND HÄNDE –
zarte Babys von Europa nach Johannesburg
in nur 19 ½ Stunden.

GERADE DU – lerne lesen in der Welt.

Rainer Malkowski

Die Frage

Alles Chemie.

Das Wachstum der Zellen,
ihr genaues, befristetes Leben:
alles Chemie.

Die Erfindung der Götter,
das Hohelied, das Radioteleskop:
alles Chemie.

Die Standhaftigkeit
des politischen Gefangenen,
das Glück und der Tastsinn,
freiwillige Armut,
die Rede des Chemikers
bei der Nobelpreisverleihung:
nichts als Chemie.

Nichts als Chemie
das kostbarste Erbgut:
die Frage.

Rainer Schedlinski

das fenster ist geöffnet
der hund bellt nicht
das wetter ist ernst
alle menschen sind sterblich
zwischen den stockwerken
fault stroh die nacht
ist von stille verröchelt der kopf
ein messer ohne griff
dem die klinge fehlt /*alles*
ist das was ein gedanke fasst
im bettenhaus der erinnerung
ruhende körper die wahrheit
aber des schöpfers ist / keine
wahrscheinlichkeit ist grösser als 1
(ich kann nicht dialektisch denken
ich kann mich an den kopf fassen / aber
ich kann mich nicht als gehirn begreifen)
ich denke die kunst existiert
weil noch immer sich die sonne
um die erde dreht
& das herz ein geduldiges
tonband spielt

Eva Strittmatter

Nachts

Ich fürchte den Tod.
Ich gebe es zu.
Ich fühlmichbedroht.
Auch du und du,
Ihr habt Angst wie ich
Vor dem Krebs und vorm Krieg.
Das behält man für sich
Und glaubt an den Sieg
Der Vernunft und der Wissenschaft.
Gott geb uns allnächtlich zum Glauben
Die Kraft.

Jan Wagner

Guerickes Sperling

»… köstlicher als Gold, bar jeden
Werdens und Vergehens …«
– Otto von Guericke –

was ist das, unsichtbar und doch so mächtig,
daß keine kraft ihm widersteht? der kreis
von bürgern rund um meister guericke
und seine konstruktion: die vakuumpumpe,
die auf drei beinen in das zimmer ragt,
vollendet und mit der obszönen grazie
der *mantis religiosa*. messingglanz,
die kugel glas als rezipient: hier sitzt
der sperling, der wie eine weingeistflamme
zu flackern angefangen hat – die luft,
die immer enger wird. vorm fenster reifen
die mirabellen, summt die wärme, wächst
das gras auf den ruinen. an der wand
ein kupferstich vom alten magdeburg.
die unbeirrbarkeit der pendeluhr,
diopter, pedometer, astrolabium;
der globus auf dem tisch, wo eben erst
neuseelands rückenflosse den pazifik
durchschnitten hat, und wie aus weiter ferne
das zähe trotten eines pferdefuhrwerks.
»dieser tote sperling«, flüstert einer,
»wird noch durch einen leeren himmel fliegen.«

Felix Pollack

Über Lyrik

Ein Gedicht ist ein Traum in Spiegelschrift, maskiert
als Lüge, so präzise metaphorisch verzerrt,
daß er die Wahrheit enthüllt. Nichts ist absurder
als die Wirklichkeit, nichts barer
der Weisheit als das Wissen an sich: nur
eines Magiers Hand kann die Fata Morgana der Welt dir
vor Augen zaubern, Träume nur
deuten das Geheimnis der Zeit hinter
dem klaren Geklingel der Uhr.

Wulf Kirsten

Veilchenzeit 2

Vergiftet sind meine Lieder.
Heinrich Heine

das flurbuch aufgeschlagen, unwirsch die biosphäre.
im waldstück, wo vormals anemonen, wo veilchenblauer
schimmer, liegt alles rings zerstochen, panzerstände
ausgehoben mit dem spaten, verstümmelt und verstummt
sind meine areale, von erdumwälzern der heckenwuchs
zerstückt und ausgebrannt, was voller dornen rankte
und aufgekrallt an asphaltierter straße letzter ordnung,
liegt abgeschlagen kreuz und quer auf weg und wiesen-
streifen, durch die plantage hinterm maschendraht
ziehn giftig gelbe schwaden als frühlingsboten
über land, den unrat der agrarfabriken breit aufs
ackerland gekippt, das trinkwasser mit jauche versetzt,
stallweise weggeschüttet das nitratgemelk und wohin?
gott schenke uns allein ein säurefestes und abgashartes
gewissen, die alten dörfer hinter den hügelriffen,
tief in sich versunken, wollten ihr zeitliches
noch nicht segnen lassen, ach, sieh nur, wie die siechen
dort hängen, schicksalsergeben am selterswassertropf.

Markus Jaroschka

wortwelt

lange
im blaßgewitter
der wortschwärme

lange
im namensuchen
habe ich mir zugesehen

in der wortwelt
die mich erfand
mich trug

wort nach wort
mich prägte

heute
im jetzt
bin ich frei geworden
von philosophischen miniaturen?

im herbstbraun
unbeschrieben
erträume ich mir
noch bewohnbare worte

die erzählen singen
vom grünrand
letzter großer gedankenufer

vom wortbaum
der dort nicht verloren
allen gehört

umarmung in der verwundung

Harald Hartung

Am Lunghin-Paß

Schneereste, Wasser steht und Wasser rinnt
woher wohin? Es glitzert im Geröll
und der Markierungspfahl ders scheiden soll
dreifach nach Nordsee Schwarzmeer Adria
reckt seine Arme hilflos in den Himmel

Von dort kommst du herab, nicht Wasser und
nicht Stein, und nimmst die Richtung auf mich zu

Dorothea Grünzweig

Déjà vu

Weil Bilder vergehen
weil sie niemals erblassen
ist das Gedächtnis
freudüberweht

Daß Birnbäume auftauchen
Lichtgesichter
die fielen
in Kinderundedentagen
kommt von den Ostern an Ecken
und Enden
kommt daher daß
Menschen Gärten
an sproßjungen Orten
neu erstehen
das Auge anstürmen also
mit traumvertrauten
köstlichen Stößen

Finstere Augen
brechen
sehen

Ludwig Greve

Nach dem Regen

Die Bäume, glückliche Traufen,
verharren im Dunkel, naß
glänzen die schuppigen Leiber und ihre
Kronen verlängern den Rausch
um Blätter, Blätter und Schatten.

Erde, Geliebte
mit weichen, quellenden Brüsten,
ruht nach dem Kampf
leichten Körpers wie Schwimmer
und huldigt mit Farben dunklerer Lust
dem Unerschöpflichen,
der sie zitternd durchdrang,

überaus zärtlicher Regen!
Sie stillte ihn
und schöpft aus der Tiefe atmend Sturm,
in Mohn und Salbei gebadet,
er duftet in ihrem Hauch.

Die Schritte gehorchen nicht mir,
ich wandere
schmeichelnder Sohlen, Blätter wandern.

Das Korn ist süß
und wankt auf bläulichen Halmen,
so schläfert die Menge
die Zahl, die ihr milchig eigen;

doch wittert sie eine Regung der Luft,
erschauern die Grannen
wie Seide auf warmem Körper.

Da senkt aus dem Mittag
Sonne den glühenden Stachel
und schwellend, berstend vor Licht,
scheint die verlassene Erde
wie Honig erleuchtet.

Cordelia Edvardson

Dies ist meine Welt
die Welt die ich erschaffe
die sterben wird mit mir
(denn die Wirklichkeit verändert sich
durch unser Betrachten
lehrt Heisenberg).
Nein, meine Welt, ich verlasse dich nicht
hochwerfen will ich dich
wie einen roten Ball
in schwindelndblaue Unendlichkeit.
Fang auf, Gott
hier kommt meine Welt!

Werner Dürrson

Was ist

Die Horizonte die Hügellinien
das Waldgezackte

flächige Bilder
Umrisse Krümmungen
Perspektiven

als wäre Wirklichkeit
so

wie Sprache die zeigt
was scheint

als wäre sie
anders

Kurt Drawert

Projektion

Oder bin das schon ich,
das da, der da
fliegt, das Gefieder
allmählich verlierend
zwischen Glaswand

und Glaswand,
Gestern und Morgen,
Wiege und Bahre,
von mir fort zu mir
hin von mir fort,

und das Hirn
immer noch schlagend
gegen die sechsfach
gleichen Scheiben,
hinter denen

das Ersehnte
auch nicht beginnt,

aus der Sicht
von hier draußen.

Hilde Domin

Sehnsucht

Die Sehnsucht
läßt die Erde durch die Finger rinnen
alle Erde dieser Erde
Boden suchend
für die Pflanze Mensch

Elisabeth Borchers

Neuer Tag

Auferstanden vom Schlaf
gesättigt vom Traum
sind wir da
und fordern den Tag.

Schöneres kann uns nicht blühn
als der Baum vor dem Hause
des Nachbarn.
Begabter können die Sinne nicht sein
als wahrzunehmen
was uns gebührt.

Christoph Wilhelm Aigner

Sehr beeindruckt mich
das spürbar Unsichtbare.

Detlev Block

Trost am Abend

Irgendwo
liest jetzt jemand
ein Gedicht von mir.

Der Schmerz,
von einem Unbekannten
verstanden zu werden.

Oder kosmisch:
Wieviel bewohnbare Planeten
in unserer Milchstraße?

Ein Stück
funkelndes Erstaunen,
nicht zum Erlöschen zu bringen:

Die paar Jahre noch,
bis ich zu euch heimkehre
ins Unsichtbare.

Andreas Okopenko

Kindertag

Die matten schwarzen zerbrechlichen Ranken
an weißer Mauer
eine Sonne scheint grell darauf
und das ist Fläche.
Und von allem anderen war ich weit entfernt
und es war mitten im Tag
weit von jedem Aufbruch, weit weit vom Morgen oder vom Abend
am nächsten noch vielleicht dem Mittagessen.
Und die Fläche war so reizvoll langweilig,
sie war eben Spiel.
Und wenn du ganz weit in die Unendlichkeit damals schautest,
aber das tatest du nicht, nur in unmusikalisch fremdländisch
 aneinandergereihten Tönen,
dann roch es und klang es
im Kalkgeruch und grüne stille Sommerwärme verflochten
nach einem unbezeichneten Ziel ---

Ingeborg Bachmann

Und ausgestoßen aus dem Orden der Ritter,
verwiesen aus den Balladen,
nehme ich einen Weg durch die Gegenwart,
zu auf den Horizont, wo die zerrissenen
Sonnen im Staub liegen,
wo die Schattenspiele
auf der unerhörten Wand des Himmels
zu Verwandlungen greifen und ihr
einen Stoff einbilden
aus dem alten
Glauben meines Kindergebets.

Cyrus Atabay

Es ist das Blau,
es sind die Schatten,
die darüber wandern.
Es ist das Sehen,
in das die Dinge münden,
ohne es zu trüben.

Und keine Finsternis
wär' stark genug,
dies Tor zu schließen,
durch das die Zeiten ziehen.

In dichten Wäldern
eine Lichtung,
jeglicher Erwartung bar.

Rose Ausländer

In dir

Über dir
Sonne Mond und Sterne

Hinter ihnen
unendliche Welten

Hinter dem Himmel
unendliche Himmel

Über dir
was deine Augen sehen

In dir
alles Sichtbare
und
das unendlich Unsichtbare

Johann Gunert

Umgedeutet sind die Schriften

Umgedeutet sind die Schriften,
ausgelotet alle Driften,
und die Erde ist erforscht.

Von den Marmorpostamenten
sind die Götter, die verwöhnten,
in das Nichts hinabgestürzt.

Ohne Botschaft sind die Melder,
umgepflügt die Totenfelder,
Brot ist mehr als Bild und Spruch.

Doch die Zukunft wird es weisen,
was Bestand hat und zu preisen,
was der Mensch als Mensch noch wert.

Johannes Bobrowski

Das Wort Mensch, als Vokabel
eingeordnet, wohin sie gehört,
im Duden:
zwischen Mensa und Menschengedenken.

Die Stadt
alt und neu,
schön belebt, mit Bäumen
auch
und Fahrzeugen, hier

hör ich das Wort, die Vokabel
hör ich hier häufig, ich kann
aufzählen von wem, ich kann
anfangen damit.

Wo Liebe nicht ist,
sprich das Wort nicht aus.

Peter Huchel

Winterquartier

Ich sitze am Schuppen
Und öle mein Gewehr.

Ein streunendes Huhn
Drückt mit dem Fuß
Zart in den Schnee
Weltalte Schrift,
Weltaltes Zeichen,
Zart in den Schnee
Den Lebensbaum.

Ich kenne den Schlächter
Und seine Art zu töten.
Ich kenne das Beil.
Ich kenne den Hauklotz.

Schräg durch den Schuppen
Wirst du flattern,
Kopfloser Rumpf,
Doch Vogel noch,
Der seinen zuckenden Flügel preßt
Jäh ans gespaltene Holz.

Ich kenne den Schlächter.
Ich sitze am Schuppen
Und öle mein Gewehr.

Dritter Teil

Interpretationen interpretieren

Abkehr

Offene Suche

Übermalungen

Bildhorizonte

Unabgegolten

Abkehr

Jürgen Becker

Dezember-Gedicht

und dies ist Dezember; in diesem Jahr
ein Monat mit Streik, Krieg etcetera,
und wieder
ist diese Sache, die wir
Christnacht, Weihnachten
nannten,
einst, als eine Sache wie
Ökonomie
noch wie ein Märchen war.
Nun, frage ich
ist dies das älteste Beispiel für
Täuschungen
in der Kindheit (›Engel-Haar‹ auf den Teppichen,
und als das Fenster klappte, sieh mal, ›war
das Christkind fortgeflogen‹), und,
frage ich,
glaubten wir denn
gar nichts mehr, seitdem –
Immerhin, keine Sirenen am Heiligen Abend,
und so war Stille
(›Kriegs-Weihnacht‹) einmal
kein Märchen;
– konkret, wie diese Erinnerung.
Aber, wo
ist der Schnee jetzt: die alten Bilder
sind Bilder mit Schnee
(das Beispiel
Erinnerung Landschaftsmalerei), oder

das Rot auch der Abendhimmel
(›Christkind
bäckt Kuchen‹) –
dieses braune Geniesel,
nun, in der Ölluft,
dies ist Dezember.
Feuilletons wider die Heuchelei, fromm
wird die Hamburger Presse am Sonntag;
Advent
Dies ist Saison, und am Heiligen Abend
sehen wir Beckett, wieder, Drittes Programm.
Weihnachten, also,
ist eine Sache der Medien,
und der Hessische Rundfunk plant
eine Sendung
mit Lyrik
für diesen Termin, und ich schreibe
Lyrik
für diesen Termin;
bloß, wie
erkläre ich dir, was einmal war,
zum Beispiel
›Hohe Nacht der klaren Sterne‹
oder die Sache mit
Krippe, Esel und Ochs –
Wörter, hörst du, die Wörter.
Die Wörter
für Bäume, Sterne, Schnee, den Umsatz und

das Evangelium, das Erinnerte, die Zeit
vor zweitausend Jahren
und diese Saison.
Rückenschmerzen; schwieriger Etat. Aber
wir singen,
nein, deine krächzende Stimme –
also, dann still,
und vielleicht
noch (Bilder, Dezember)
der Schnee.

Rolf Bossert

Weihnachten 1984

Auf den Himmel zu stürzt
heut der Schnee
von da unten, der nackte: Tonnen
ins Firmament.

Alles fällt wieder
hinauf, ein Christkind
hockt grau auf der Leiter.

Sind das noch Bäume.
In seinem Blick: Diese
irre, dreieckige
Freude von damals.

Beat Brechbühl

Unikum

Im Zug redet
einer von Gott.

Die Leute schauen Löcher
in den Mann.

Dann lächeln sie
verständnisvoll
und frösteln.

Paul Celan

Spät und Tief

Boshaft wie goldene Rede beginnt diese Nacht.
Wir essen die Äpfel der Stummen.
Wir tuen ein Werk, das man gern seinem Stern überläßt;
wir stehen im Herbst unsrer Linden als sinnendes Fahnenrot,
als brennende Gäste vom Süden.
Wir schwören bei Christus dem Neuen, den Staub zu vermählen
dem Staube,
die Vögel dem wandernden Schuh,
unser Herz einer Stiege im Wasser.
Wir schwören der Welt die heiligen Schwüre des Sandes,
wir schwören sie gern,
wir schwören sie laut von den Dächern des traumlosen Schlafes
und schwenken das Weißhaar der Zeit …

Sie rufen: Ihr lästert!

Wir wissen es längst.
Wir wissen es längst, doch was tuts?
Ihr mahlt in den Mühlen des Todes das weiße Mehl der Verheißung,
ihr setzet es vor unsern Brüdern und Schwestern –

Wir schwenken das Weißhaar der Zeit.

Ihr mahnt uns: Ihr lästert!
Wir wissen es wohl,
es komme die Schuld über uns.
Es komme die Schuld über uns aller warnenden Zeichen,

es komme das gurgelnde Meer,
der geharnischte Windstoß der Umkehr,
der mitternächtige Tag,
es komme, was niemals noch war!

Es komme ein Mensch aus dem Grabe.

Adolf Endler

Elegie

Das alles gab es einmal: / Das Süßholz; die Riesenbockwurst;
/ Die Waldmeisterlimonade; verbilligte Knickeier; / Gott!

Hans-Jürgen Heise

Klassenlose Gesellschaft

... wer hätte nicht gern
ein Eigenheim
am Rande des Universums / dort
wo es keine Einbrüche
an der Börse gibt
und Gott gemütlich
wie Großvater einstens
seine Sprungdeckeluhr
aufklappt und sagt Friede
den Palästen den Hütten
auf Erden endlich
ist Jüngster Tag

Günter Herburger

Wo wir waren

Im Verlauf von Untersuchungen
über Hexenprozesse
im 16. und 17. Jahrhundert
stieß ich
gegen eine Mauer des Schweigens,
die nur Benandanti,
Wohlfahrende als Erzähler
durchbrochen hatten.

Ein Zwiegespräch begann,
ob Gott mit dem Chaos,
damals entdeckt, einig sei?

Ob Gott
nun vom Unvollkommenen
zum Vollkommenen schreite
oder ob beispielsweise
ein Kindlein,
das im Bauch seiner Mutter
zwar schon lebt,
doch noch nicht versteht,
weiter wachsen solle?
Es war ein theologisches Problem.

Im Fioretto della Bibblia,
der kleinen Blumenbibel, steht,
Gott könne nicht lesen,
sonst sei er keiner
in seinem Eigensinn,

heute ähnlich einem Schmied,
der nicht mehr Eisen
in Pferdehufe brennt,
sondern eine Tankstelle besitzt,
an der er bedient.

Das Bauernparadies
mit Hunger und Beulenpest
ging zuende,
und nie mehr
wird ähnliches entstehen,
zu beweinen dereinst
im Anblick der Gebirge.

Kurt Heynicke

Der Christus

Du Scherbe Licht,
in unsre Nacht geritzt,
verfrommst dich in uns
zur Legende.

Michael Krüger

Rede des ev. Pfarrers

(lacht:)
Ach, wissen Sie,
auch ohne ihn
haben wir viel zu tun.
Manche in der Gemeinde
haben ihn schon vergessen.
Anderen fehlt er. Sehr.
War es besser mit ihm?
Der Trost drang tiefer,
und die Scham darüber,
geboren zu sein,
ließ sich leichter
verbergen.

Dieter Leisegang

Eine ländliche Gegend

Am Sonntagmorgen
Den Feldweg
Neben dem Bahndamm entlang
Fahrradfahrend
Eine ältere Frau

Auf dem Gepäckträger
Mit baumelnden Beinen
Ein Junge
Ihr Enkel, vermutlich

In seiner Rechten
(Etwas zu groß
Für diese Kinderhand)
Ein altes, schwarzes Buch

Kurt Marti

dem herrn unserem gott
hat es ganz und gar nicht gefallen
daß gustav e. lips
durch einen verkehrsunfall starb

erstens war er zu jung
zweitens seiner frau ein zärtlicher mann
drittens zwei kindern ein lustiger vater
viertens den freunden ein guter freund
fünftens erfüllt von vielen ideen

was soll jetzt ohne ihn werden?
was ist seine frau ohne ihn?
wer spielt mit den kindern?
wer ersetzt einen freund?
wer hat die neuen ideen?

dem herrn unserem gott
hat es ganz und gar nicht gefallen
daß einige von euch dachten
es habe ihm solches gefallen

im namen dessen der tote erweckte
im namen des toten der auferstand:
wir protestieren gegen den tod von gustav e. lips

Doris Runge

der görlitzer schuster

wenn er fernsah
das herz der welt sah
die sonne
und was sich ins rad legte
und es antrieb
den wüter den beweger
den sanften
und den gestrengen regenten
das treibende
das entfesselte
das eingeschlossene leben
die tore der tiefe
und die pforten des zorns
das irdische haus
die kammern des todes
wenn er die welt
über seinen leisten spannte
war der himmel nah
trost
schade wie schade
daß seine
flügelschuhe
nicht mehr passen

Jacob Böhme, 1575, Schuster und Mystiker

Offene Suche

Ilse Aichinger

Zwei Orte, zusammengelegt

Woran soll ich die Tage erkennen?
An den grünen Bischofsgewändern,
den Besuchen der Heiligen
und an der kurzen Ruh?

Wo das Gras gebacken wird,
rosten die Schläfer
in den finsteren Bäckerstuben.
Wer bewahrt meinen Himmel
für mich?

Ingeborg Bachmann

Nach dieser Sintflut

Nach dieser Sintflut
möchte ich die Taube,
und nichts als die Taube,
noch einmal gerettet sehn.

Ich ginge ja unter in diesem Meer!
flög' sie nicht aus,
brächte sie nicht
in letzter Stunde das Blatt.

Marthe Behaim

Pappel
Schattenflamme
Weichbild ins Blaue
gotisch verstrebt
den erdschweren Horizont
in verlorenen Glaubensgrund
sticht ins Auge durchs Gewölk
ins Sonnengeflecht
darin Fernweh und Heimweh
ein Herz noch
und reine Sehnsucht sind
ein einig Strömen
längs der Wirbelsäule entfacht
ein golden Gängelband
richtet auf kinderleicht
den vergessenen
Lebensbaum

Günter Eich

Schuttablage

Über den Brennesseln beginnt,
keiner hört sie und jeder,
die Trauer der Welt; es rührt der Wind
die Elastik einer Matratzenfeder.

Wo sich verwischt die goldene Tassenschrift,
in Schnörkel von Blume und Trauben,
wird mir lesbar, – o wie es mich trifft:
Liebe, Hoffnung und Glauben.

Ach, wer fügt zu bitterem Scherz
so die Scherben zusammen?
Durch die Emaille wie durch ein Herz
wachsen die Brennesselflammen.

Im verrosteten Helm blieb ein Wasserrest,
schweifenden Vögeln zum Bade.
Verlorene Seele, wen du auch verläßt,
wer fügt dich zusammen in Gnade?

Josef Hasl

Ostern

Etwas
in sich aufnehmen
vom Wesen des Lichts

von der Sprachlosigkeit
einer Blume
die alles sagt

vom Geheimnis des Wassers
das mehr weiß
als du

Matthias Hermann

Im Golan

Sandkorn
Auf Stein.

Stein
Auf Sandkorn.

So gefügt
Zu Hügeln
Von kargem Glanz.

Bevor der HErr
Das Gedicht sah,
Schuf Er
Das Sinnbild.

Dieter Hoffmann

Blindenschrift

Auf einem Dachboden
bei einem Trödler
zwischen Steinöl-Lampen
und leeren Rahmen
– an der Landstraße,
sonntags geöffnet
für die Durchreisenden –
ein Buch weiß auf Weiß:

Blindenschrift.

Dieses Hügelsystem.
Halbkugel neben Halbkugel.

Die Sehenden
wissen nicht, was sie sehen.

Vielleicht die Bibel.
Vielleicht ein ganz anderes Buch.

Hans Egon Holthusen

Tabula rasa

Ein Ende machen. Einen Anfang setzen,
Den unerhörten, der uns schreckt und schwächt.
Noch einmal will das menschliche Geschlecht
Mit Blut und Tränen diese Erde netzen.

Wir sind nicht mehr wir selbst. Wir sind in Scharen.
Wir sind der Bergsturz, der Vulkan, die Macht.
Der ungestüme Wille der Cäsaren
Wirft uns in großen Haufen in die Schlacht.

Was für ein Dämon, der uns ohn' Erbarmen
Ergreift und wringt und schleudert hin und her!
Wir häufen Tote, ratlos, wir verarmen
Von Jahr zu Jahr. O rasender Verzehr!

Wir brechen alle Brücken ab, zerstören
Sehr rasch und unbeirrbar, was uns frommt.
Aus allen Dächern Feuer! Wir beschwören
Die Zukunft, die mit der Verzweiflung kommt.

Wir reden ungereimtes Zeug. Wir haften
Nicht mehr am Wahren. Wunderlich vergällt
Ist uns der Schmerz. Noch unsre Leidenschaften
Sind Griffe in die Luft, die nichts enthält.

Und doch, wir leiden. Sprachlos. Aber wer,
Wer schweigt aus uns, und was wird uns verschwiegen?
Wer zählt die Trümmer unsrer Welt – und mehr:
Die Dunkelheiten, die dazwischen liegen?

Wer ist es, raunend in Verborgenheit,
Und wohnt in eines Menschenherzens Enge
Und keltert *einen* Tropfen Ewigkeit
Im dunklen Wirbel unsrer Untergänge?

Peter Huchel

Nachlässe

Nachlässe,
ungeordnet,
auf Böden verstaubt,
die Erben sind tot.
Und finstere Himmel,
grau unterkellert
von Wänden aus Nebel.
Die Kälte atmet
in hallenden Gängen.

Später,
im Sommer
über den Stoppeln
die Spindeln aus Licht.
Sie wickeln
das rissige Garn
galizischer Dörfer.
Doch niemand kommt,
den Mantel zu weben.

Durchbrüche,
verschüttet,
von Keller zu Keller,
das letzte Verlies
zwei Kannen in Warschau,
vergraben
in Erde und Feuer.
Es geht durch Wolken

stürzender Asche
die Stimme hinab,
die Erben zu rufen.

Felix Philipp Ingold

Transit

All diese vielen
Dinge tragen Namen
wenn sie unter Menschen sind.

Was Wunder
voneinander wissen.
Wie's null Uhr schlägt. Zu früh

das Werde. Dort
wo die Stadt war starrt so
etwas wie ein Gott aus Schutt und

Asche. Und weiter
hinten steht an die Geduld
gelehnt noch immer die Liebe und

fruchtet.

Steffen Jacobs

Sonntag

Ich habe ein klebriges
Bonbon gegessen,
und mich hat die Sonne
heiß gelutscht.

Ihren weißen Bauch
sah ich nackt diesen Tag.
Glücklicher
bin ich jetzt nicht.
Doch mit etwas
Glück geht es weiter – auch so.

Wie undeutlich alles das ist.
Als läge ein schwerer
verzehrender Schauer
im Nackenbeugen
hinter dem Blau.

Ernst Jandl

an gott

daß an gott geglaubt einstens er habe
fürwahr er das könne nicht sagen
es sei einfach gewesen gott da
und dann nicht mehr gewesen gott da
und dazwischen sei garnichts gewesen
jetzt aber er müßte sich plagen
wenn jetzt an gott glauben er wollte
garantieren für ihn könnte niemand
indes vielleicht eines tages
werde einfach gott wieder da sein
und garnichts gewesen dazwischen

Sarah Kirsch

Besänftigung

Aus seinen steinblauen Augen
Stürzen Schmetterlinge den lieben
Langen Sonntag den Gott werden läßt.
Seit ich ihn kenne halte ich Gott für
Nicht völlig undenkbar. Wenigstens keinen
Aus Gold- oder Seidenpapier
Noch springt meine Seele
Auf Fingerkuppen.

Karin Kiwus

Incarnation. Revisited

Wir sehen jetzt, wie das Altarbild
aufgeklappt wird, Tableaus ausgesuchter
Andachtsgegenstände daseinsbedeutender Art.
Es ist zwölf Uhr, mittags, nachts.
Rüstungen heben sich ab, plastisch,
aus dem Dunst einer überkommenen, einer
als forttaumelnd dargestellten Schlacht.
Panzermäntel, Harnischwesten, Herrscherornate,
Paradepaletots, schwere schwebende Torsi in
metallisiertem Tuch, Schmucktressen und Pelz.
Zwangseinkleidungen, sagen wir uns, Tarnverbände,
Vermummungsstrategien, unbefreit, finster,
wie gehabt, benannt, erlitten. Verlorene
Posten in einem Feld schon heraufdämmernder
Gegenoffensiven. Diese ganze abgehängt
auf der Stelle exerzierende Kompanie,
vor deren taubstummem Tumult wir nun
zurücktreten, zu Boden schauen und dann
erneut auf jenen Fundus von Kostümen,
so zerschlissen auf einmal, so durchsichtig,
daß wir den Zug der Marketenderinnen grell
ausmachen, die angewiesen ihren Helden folgen.
Ja, in nämlichen Rüstungen, signalwirksam
weiblich, in Fischbeinkorsetts, gummihautengen
Miedern, in Stiefelstrümpfen rot und schwarz.
Und zwischen den wahllos ausgewechselten
Beinen ein unschamhaft preisgegebenes
Geschlecht, ein Warndreieck, das, ach, um
Erbarmen ersucht für eine allzu eilfertige

Verlockung und diese Entzweiung mitten
in einem fügsam aufgenommenen Leben.

Alle diese unvollständigen Körper,
ohne Füße mit einem Stand, ohne Kopf
mit einem uns zugewandten Gesicht,
ohne Augen, die, wir warten nur darauf,
sich wie Fenster öffnen zu jenen
Innenräumen, in denen wir stehen,
in einströmendem Schrecken, in Trauer.

Aber schon, als wäre es an der Zeit und wir
nicht wirklich hier, wird mit langen Stangen
von beiden Seiten her das Altarbild
behutsam wieder zusammengeführt. Auf den
Rückseiten der Flügel rechts und links
erscheinen die zwei Hälften eines
sündhaft roten Mantels und darunter,
während auch er sich schließt, erkennen wir,
in eben anhaltender Erschöpfung, die Konturen
eines unbefleckt entworfenen Körpers,
eine Haut-, Fleisch-, Menschwerdung geradezu
ausgleichend reiner Natur. Und die Umwandlung,
versuchsweise jedenfalls, in eine lichte Energie,
kaum abzuleiten aus Entstellung, Makel, Schuld.

Nackt jedenfalls, nackt wie aller Anfang,
da vor Zeiten zu lernen war,
den höchsten Augenblick

zu erfassen, welcher ist,
wir hatten es nur vergessen,
innehalten, atmen und sich ergeben
einer frei erfundenen
Offenbarung.

Thomas Kling

Video zur Anachoretischen Landschaft

Sagst du so: wenn du das
Gesicht der vision – ein GOttesgesicht –
Nicht ertragen kannst.

Dein antlitz: mein dreckig
Schweißverschmiertes, wenn ich
Es denn verstecken muß? das meine.

Um nicht vor lebensscham verrecken
Zu müssen – so nehm' ich farbe an.
Da ich sah: *durch vorbilder bestätiget.*

Sah aber kein antlitz. hatte gesicht.
Hatte die augenvision: augen-über-augen!,
Hatte antlitz-augen-verkettung!

Die aber: klar und ruhig –
Farbglut zitternd ins werk zu setzen
Mir mein' kunst erlaubt.

Alfred Kolleritsch

Um die Hügel legt sich der Kreis,
ausfließend bis zur Grenze:
in seiner Mitte
bleibt das zurückeroberte Leben,
auseinandergefaltet
in Wiesen, Wälder und Äcker.
Das Geschenk der roten Erde.

Unter der roten Erde ist das Feuer erstarrt,
ist zurückgekehrt,
weggesunken mit dem Meer.
Es schläft im Gestein,
in Ordnungen:
der weggeworfene Mantel des Vulkans.

Der Traum des Feuers reicht herauf,
bis zu uns,
wir lesen den Traum.
Das Wahrgenommene,
der Jubel der Sinne, das einzige Jetzt,
ist zugleich das Vergangene:
die neue Bewegung des Feuers.

Sie fliegt im Wein der Sonne entgegen,
das Wechselspiel: Himmel und Erde
belebt, macht gieriger,
hält uns frei,
es zugleich mit dem Tod zu ertragen.
Der Trost der Vulkane.

Abgestellt in die Fässer, ruht die Bewegung aus.
Der Traum des Weines
trägt das Heitere weiter,
das Jahr hält er zusammen,
die Stimme, das Böse zu nennen,
nichts hinzunehmen,
das nicht verschieden sein könnte von sich.

Hier findet eines aus dem anderen heraus,
Schicht liegt über Schicht,
setzt sich entgegen, vereinigt sich:
Stein und Traum, Erde und Wein,
Welt in der Welt,
zugleich in der Schwerkraft des Ortes.

Dafür wäre die Hoffnung da,
die Mühsal des Ortes mitzunehmen ins Glück,
herauszuschwemmen das Dunkle,
die Selbstüberschätzung des Todes.

Trost des Menschseins, Trost zu empfinden.

Andreas Krink

Gesang des lauen Sommers

summend tönt der bienenchor schwebt
auf dem dunst des sinkenden tages
pulsierendes blut schäumt färbt
das weiße mark zerfaserter härte und
überflutet die seltsamen narben
des tagwerks verirrt sich die klage
schwarzer umsicht im labyrinthischen saum
endloser weite gaukeln die pollen durch
wiegende winde vielstimmig tollen
pappeln stämmig silbrig schimmernd
umspielt flechtiges wipfelglück
wo der duft abgebrannten heues
in buschigen misteln nistet brütet
regenbogengaben verschenkt getragen
auf lerchenhügeln zur pochenden sonne
oh wärmendes rund geflochtener distelfelder
auf denen ich barfüßig trampelte und
meine blutenden fersen in der frische
plätschernder bäche heilte dir
widme ich meine andacht deinem gesang
opfere ich mein tosendes herz betet
pflügt die furchen der hand des herrn
einsamer knecht lauer gischt
dein lied kündet vom verwachsenen
morgenrot von treibender wolkenspreu
erahnend die verführung morgendlichen
kusses träumt das schlummernde
weizenkorn rinnt mir schweiß klebriger
hände dreck zu dessen güte ich falle
grabe ein mich in geopferte hügel atmend

leuchtenden schlamm in meinen zitternden
körper pumpend den zorn in seine adern
staunt ehrfürchtig vor der platzenden
frucht entspringt den schalen den waben
des seins tanzende echsen besiegeln den
uralten schwur schütteren laubes
tagein tagaus schlüpfen im dunklen
moder vergangene wehen sich suhlend
in buchweizengezeiten oh leben
tröste meine tauben ohren bevor du
das beständige zirpen einsamer grillen
für ewiglich in den schleim glitschiger
muscheln verbannst lass mich deiner macht
lauschen lass mich der gläsernen schöpfung
aufrecht nicht wehmütig nicht gebeugt
folgen gib mir die kraft aus dem klebrigen
netz aus dem feuer zu springen in die
grünen wellen schwebe

gewähr mir die gnade

Christian Lehnert

bruchzonen I

an diesem zerbissenen schlauch im mund wüßtest
du, der ursprung aller wesen sei das meer, worin
die erde schwebt wie ein rochen, fluoreszierende
korallen drehten sich nachts in warmer salzlösung,
verkrümmt wie ein embryo, vor erregung zitternd,
schwimmst du, ahnend, wie ein reifes ei im schleim
versunken sich verdoppelt über dem offenen grab
des ozeans in das leben des anderen tod, gäbe es
kein zurück mehr, strampelnd um die nackte zeit,
sei das riff ein erratischer chor von frühesten
ängsten vor stacheln, vor blutroten kiemen,
wo membranen dich zerteilen, bis du dir völlig
fremd bist, entkräftet unter dem ewigen herzton,
erschrocken, daß die bewegungen zu dir gehören,
sinkst du wie ein vergessener name hinab in
das gedächtnis eines vagen ich bin, der ich bin

(ras muhammad, sinai)

Hermann Lenz

Nächtliche Stadt

In nächtiger Luft ruht die Stadt. Phosphorschimmer
Wächst hinter Hügeln, in bläuliche Fäulnis gelagert.
Immerzu flüstert's: Es brennt hinterm Hügel
Dein Haus … Säulen ragen wie Finger
Einer getöteten Hand aus der Erde gereckt und
Weisen zum Himmel.

Rainer Malkowski

Der die Möwe fliegen sah

›Sah eine Möwe fliegen‹,
steht im Tagebuch.

Angenommen,
der Verfasser hätte nichts
als diese Notiz hinterlassen –

versehen mit einem Datum.

Ein Fanatiker
der Diesseitigkeit – oder doch
ein Metaphysiker?

Ernst Meister

Ich will weitergehn

Ich will weitergehn –
zu Berge fallen,
zu Tale steigen,
ich will weitergehn.

Am Saume des Meers
steht das Tor,
und der Wind flüstert ihm zu:
Das Salz der See
kann nicht dumm werden.

Ich will weitergehn,
zu Berge fallen,
zu Tale steigen …

Ich besuchte ein Grab.
Der Kopf eines Fisches
durchbrach den Hügel;
sein Auge schaute mich an
zwischen Blumen,
mein Herz stand still.

Durch das Netz, das nicht fängt,
fielen Wünsche und Wunsch,
und das Schweigen sprach:
Den Bettler der Worte
wird der Himmel nicht schelten …

Ich will weitergehn.

Peter Horst Neumann

Versuch über Engel

Wer kennt noch die Boten,
die unser Haus umschweben,
auch wenn es das Haus
nicht mehr gibt.

Du sahst sie
im dichtesten Nebel,
je dichter er war, desto
größer war ihre Zahl,
ein Draußen
aus lauter Flügeln.
Eine Botschaft
hörtest du nicht.

Gott kennt die Zahl
ihrer Chöre, er hat
ihre Federn gezählt:
er ist die Aussicht,
im Nebel, er ist
das Gedächtnis.

Warum meidet er
unsre Gegenwart, als gäbe
es nirgends ein Ohr, ihn
zu hören, als wär ihm nicht
vormals durchs Ohr
eine Zeugung gelungen.

Gibt es denn nur noch
Münder in dieser großen
Gehörlosenhalle?

Zwei zu eins war
ein gutes Verhältnis:
ein Ohr zum Hören,
eins zum Gehorchen,
den Mund zum Widerspruch.
Es gibt nur noch Münder.

Du aber hast die Boten
gesehn, durchs Fenster
im dichtesten Nebel.
Ihr Atem beschlägt deine
Scheibe.

José F. A. Oliver

buchstabe H

silbenmensch, du
aus verlegter zeit

glassplitter
sind auf pilgerwegen

rückwärtsworte
wie büßerhemden

silbenmensch, du
fundzeit

schweigen
gepaarte blicke

H wie Hoyerswerda
Hiroshima und haut

zu versengende
ecce H.

Matthias Politycki

Ein gewisser Eichendorff bläst den Blues von der prästabilierten Harmonie

Nehmt ihn hin, den Duft des Morgens
eurer fast verschlafnen Tage,
nehmt den halbzerbrochnen Spiegel
einer Marmorwelt. Die Klage

längstverträumter Zeiten dämmert
euch im Dunst des Morgentaus,
schimmert aus der nie geschauten
Ferne, will mit Kraft heraus

aus dem Netz der Straßen, Gassen,
durch die Tore, über Treppen,
will den Himmel selber sehen. –
Doch ihr könnt euch wenden, drehen:

seid gefangen, selbst im Rausch,
sehnet euch nach Brunnenrand
mit noch unverlöschtem Spiegel
und darin dem Himmelsband.

Felix Pollack

Worauf es immer hinausläuft

Für Klaus Berghahn

Ob du im Zentrum bist
oder an der Peripherie,
ob du mit der U-Bahn fährst
oder mit der Metro,
ob du in einer Via wohnst
oder einer Allee –
worauf es immer hinausläuft, ist
ein Bett,
ein Schattenmuster an der Wand,
ein Stückchen Himmel, begrenzt
von einem Giebel, durchkreuzt
von einem Vogel, getönt
von den Stunden …
und die Ferne in deinem Herzen,
der Hunger
nach anderswo
als wo.

Nelly Sachs

Chor der unsichtbaren Dinge

Klagemauer Nacht!
Eingegraben in dir sind die Psalmen des Schweigens.
Die Fußspuren, die sich füllten mit Tod
Wie reifende Äpfel
Haben bei dir nach Hause gefunden.
Die Tränen, die dein schwarzes Moos feuchten
Werden schon eingesammelt.

Denn der Engel mit den Körben
Für die unsichtbaren Dinge ist gekommen.
O die Blicke der auseinandergerissenen Liebenden
Die Himmelschaffenden, die Weltengebärenden
Wie werden sie sanft für die Ewigkeit gepflückt
Und gedeckt mit dem Schlaf des gemordeten Kindes,
In dessen warmem Dunkel
Die Sehnsüchte neuer Herrlichkeiten keimen.

Im Geheimnis eines Seufzers
Kann das ungesungene Lied des Friedens keimen.

Klagemauer Nacht,
Von dem Blitze eines Gebetes kannst du zertrümmert werden
Und alle, die Gott verschlafen haben
Wachen hinter deinen stürzenden Mauern
Zu ihm auf.

Ludwig Steinherr

Man kann nicht

Man kann nicht
an das Licht denken
und gleichzeitig an den Tod
an die dampfende Teetasse
und an die Struktur der Trinität
an die Zahnarztrechnung
und an den ersten Kuß
an den Tumor
und an die Windungen der Loire –

Man kann nicht am Denken verzweifeln
und gleichzeitig
denken

Jesse Thoor

Rede von der Anschauung

Und es kommen die Vögel von den Bergen und aus jeder Richtung.
Und es kommen die Fische mit den hellen Kreuzen auf ihren Rücken.
Und die Sterne mit den verzweigten Augen und mit den weisen Händen.
Und die Monde mit den silbernen Geräten und mit den höchsten Reden.

Und du bleibst immer bei mir, und du verläßt mich nicht.
Und du wendest mühelos meinen Leib, und du begleitest mich.
Und du läuterst meine Wünsche, und du änderst meine Gedanken.
Und du richtest mich wieder auf, und du beendest meine Not.

Und ich erwäge den Lauf des Regens und den Rat der Sonne.
Und ich rufe deinen Namen laut und vor allen Leuten.
Und ich esse dein Brot, und ich trinke deinen Wein.

Und es kommen deine Wochentage zu mir mit großer Verheißung.
Und es kommen deine vier Boten mitsamt den sieben heiligen Zeichen.
Und dein Wille geschieht zur Zeit … und geschieht in Ewigkeit.

Carl Zuckmayer

Nachtgebet

Dem Freund Kurt Hirschfeld November 1964

Junge Leute werden manchmal wach
Und wissen, daß sie sterben müssen.
Dann erschauern sie kurz,
Und sehen verschiedene Bilder,
Und denken: Jeder muß sterben, und
Es ist noch Zeit.

Alte Leute werden manchmal wach
Und wissen, daß sie sterben müssen.
Dann wird ihr Herz bang,
Denn sie haben gelernt,
Daß niemand weiß, wie Sterben ist,
Daß Keiner wiederkam, davon zu künden,
Daß sie allein sind, wenn das Letzte kommt.
Und wenn sie weise sind,
Dann beten sie. Und schlummern weiter.

Übermalungen

Christoph Wilhelm Aigner

Der Himmel im Grund

Im hohen klaren Aquamarinlicht
das blaudurchrostete Blättchen Mond
begleitet von pagenköpfigen
Medusenwolken. In deinem Körper
fließt der Himmel durch die Erde

Erich Arendt

ich atme atme ja noch
ein wandernder Noah inmitten
von Sintflut
pressender Luft

Arnfried Astel

›Dem lebendigen Geist‹

Alte Grabschriften
in Heidelberg suchend
fand ich diese Inschrift
über dem Portal
unserer neuen Universität.

Hans Augustin

Da kam einer
gegen Abend
gehetzt wie Wild
das Blut
in Strömen
von drüben
Spuren von gestacheltem
Draht im Gesicht

und fern
Lichtkegel und
Gebell der Hunde
in den Augen das
Flackern der Todesangst

Im Gesicht
pflügt sein Fluch
Furche
um Furche
ihm

im
Mund
Bitterkeit
schlage ich
Kain
Spreu vom
Weizen

mein eigen Blut
ist mir
zur Schuld
Im strömenden
Regen
der erschlagenen Zeit

kehre ich
Kain
an den Ort
der Tat
zurück
so es zu lesen
steht
in allen
Protokollen

der schuldlos
Schuldigen

ich habe im
Abendlicht
Abel gesehen

er hat mir
verziehen
?

Ulrich Johannes Beil

Ufer

Ein großes Bild ersteigern
größer als die alten gerahmten
eins ohne Rahmen und Glas und auch
ohne Leinwand
eins für das man keinen Nagel zu schlagen braucht
in eine vermusterte Wand eins wo
man die Füße zuweilen eintauchen darf
zur bessern Durchblutung eins
für das man einstehen könnte
zum letzten und zum ersten

Eins das mein Gesicht nicht bei sich beläßt
eins das sich bewegt und sich öffnet
öffentlich
eins das man nicht erwerben muß
wenn mans erwirbt eins das sich
so da und dort ergibt
nach Lust und Wind und Laune
weil es die andern besiegt hat
eins das du sollst
dir kein Bildnis machen

nur
wann

Horst Bienek

Unerwartete Gäste

Gestern waren die Zwölf Apostel
bei mir zu Gast
ich tischte alles auf
was der Kühlschrank hergab

Sie müssen von sehr weit gekommen sein
sie waren hungrig
und durstig und auf ihren Mänteln
klebte dick der Staub

Ich wollte wissen
wer unter ihnen Johannes sei
und wer Judas

Sie sagten sie übten noch
die Rollen werden erst
kurz vor Ostern festgelegt

Detlev Block

Kleinostern

Morgens
schlagen wir nebeneinander
die Augen auf
und sehen uns an.

Die Nacht
war zwischen uns.
Sie hat nichts
von dir und mir zerstört.

Wir sind andere
und doch dieselben.
Kleinostern,
täglich zu lobpreisen

als Einübung.

Johannes Bobrowski

Nänie

Stimmen, der Wind
über die Bucht
kommt, Rohrwerke, Helsingör
hat so getönt: über dem Sund
die Küste, gestreckt
gegen den Himmel, dort
auf dem Absturz steht,
der mich gerufen hat,
Helios, breiten Mundes,
unter dem Augenbogen
dunkel – die Feuer um ihn
um Schulter und Haar, die rasselnden
Züge, erbrausend: Planeten,
der mörderische
concentus der Welt.

Über der Bucht,
weit,
über dem Regen
farbenstrahlend aus Nebeln
der Bogen – Frieden
ist uns versprochen.

Rainer Brambach

Vormittag

Immer um sechs kommt der Milchmann
Nach sieben hinkt die Zeitungsfrau heran
Gegen acht komme ich zu mir selber
Auf dem Tisch steht noch die Weinflasche
von gestern abend und das Glas, leer.
Und da liegen auch die Briefe
immer mit freundlichen Grüßen –
Aufstehen, umhergehen, lesen
Prediger elf
Süß ist dem Auge das Licht
und köstlich ist es, die Sonne zu schauen …

Bertolt Brecht

Tagesanbruch

Nicht umsonst
Wird der Anbruch jeden neuen Tages
Eingeleitet durch das Krähen des Hahns
Anzeigend seit alters
Einen Verrat.

Barbara Brendler

Neues Stundengebet

Sie wollen es nicht wahrhaben
        Erleuchte uns Herr
Sie stecken den Kopf in den Sand
        Vergib uns alle Missetaten
        unseren Hochmut und Betrug
Sie wollen
daß man lügt und ihnen sagt
        segne uns
die Welt sei glücklich
        in diesem Jammertal
und alles gar nicht so schlimm
        Erlöse uns vom Übel
Sie glauben nicht
        Verschone uns
daß diese Welt aufgehört hat
        in alle Zukunft
für sie froh zu sein
        Erbarme dich unser
wenn
ihre Verwandlung zum Roboter
stattgefunden hat
        Gib uns den Frieden

Christine Busta

Biblische Kindheit

Damals bist du oft zu mir gekommen,
und das Dunkel war von deinem frommen
Koboldnamen heimlig, Habakuk!
Denn zum Essenträger unter den Propheten
brauchte man nicht feierlich zu beten,
und von deinem Brei bekam man nie genug.
Immerzu warst du umsummt von Bienen
und dein Brotsack stak mit Mandeln und Rosinen
voll und Kringeln, die man nur im Himmel buk.
Bartlos warst du, Gott nahm dich beim Schopfe,
Windroßreiter mit dem Struwelkopfe,
der die wunderbare Schüssel nie zerschlug,
jedem Kinderkummer, der noch wachte,
Daniels sanfte Schlummerlöwen brachte
und die Monduhr unterm Bauernkittel trug.
Geh ich in der Welt nicht ganz verloren,
ist's, weil manchmal nachts die tauben Ohren
treu dein Echo tröstet, Habakuk.

Heinz Czechowski

Credo

Nichts ist eingelöst
Von allen Versprechen:
Wie Herbstlaub raschelnd
Treiben die Worte.
Allzu sicher der Zukunft
Glaubten wir unsern
Propheten:
Wir sahen das Bild Ho Chi Mins
An der Mauer der Föderierten,
Den Zug der Millionen
Auf der schmalen Rue de la Roquette,
Das Blut der Fahnen,
Die den Erball umspannten –
Wir opferten es
Wie ein Getränk,
Und in dem Gefäß
Schwappte die Zeit,
Unsere Zukunft.

Der Mond aber schwebte als Kugel,
Unbeteiligt an allem,
Über dem Ettersberg,
Den Moscheen von Damaskus,
Den Türmen des Kreml.

In den Kellergewölben
Von St-Germain de Prés
Die marxbärtigen Studenten,
Die Algerier in den Hotels
An der Place du Panthéon –

Wer führt sie und welche Gewißheit
Läßt sie überleben?

So viele Antworten,
So wenige Fragen!

O Charlemagne, stiegst du
Aus deiner Gruft,
Du sähest die Reiche der Erde
Zu deinen Füßen wie Christus.
Aller Zeiten Gewißheit, der Mensch,
Trägt er Dornenkrone und Kreuz
Dem Berg Golgatha zu,
Noch immer und immerwährend
In aller Ewigkeit?

Wissen ist wenig, und unausrottbar
Der Blutdurst: Mein,
Spricht der Herr, ist die Rache.
Aber kein Gott,
Kein Kaiser und kein Tribun
Führt uns aus dieser Gegenwart,
Die unser Kreuz ist.

Doch wohin wird gehen die Kunde,
Daß ich dabeigewesen,
Als noch der Mensch dem Menschen
Ein Mensch war?

Esther Dischereit

Jüdische Renaissance I

Wir wolln ein bißchen Aleph
und wolln die Mazze brechen
spielen Mütter, Urgroßväter
die haben wir nicht gesehen
sind nicht die Kinder von
wem und von woher

sie reden von uns wie
Ackerbauern von ihrer Erde

Straßenarbeiter hackten den
Bäumen in die Wurzel

Die Bäume schüttelten ihre Kronen
und blieben eine Weile lang stehen

Die anderen Bäume behaupteten
sie seien der Wald

Mir ist merkwürdig
wenn ich dazwischen gehe.

Esther Dischereit

Jüdische Renaissance II

Übe das Tales tragen
sprich die Worte die nicht dir
sondern einer Ewigkeit gehören
such dir die Wahrheit auf der Stirn
schütze dich vor der Hand
die über die Buchstaben streicht
du brauchst jetzt die Kraft
und sei sie nur geliehen

Eröffne ein Geschäft
mit dem Tafelsilber deines G'ttes
sieh zu daß du verkaufst
in der kurzen Blüte der Zeit
die bleibt
Ich bin schon tot
warum weigerst du dich
bei mir zu liegen
Niemand kann sich den G'tt
wie ein Bonbonglas kaufen

Hilde Domin

Bitte

Wir werden eingetaucht
und mit dem Wasser der Sintflut gewaschen,
wir werden durchnäßt
bis auf die Herzhaut.

Der Wunsch nach der Landschaft
diesseits der Tränengrenze
taugt nicht,
der Wunsch, den Blütenfrühling zu halten,
der Wunsch, verschont zu bleiben,
taugt nicht.

Es taugt die Bitte,
daß bei Sonnenaufgang die Taube
den Zweig vom Ölbaum bringe.
Daß die Frucht so bunt wie die Blüte sei,
daß noch die Blätter der Rose am Boden
eine leuchtende Krone bilden.

Und daß wir aus der Flut,
daß wir aus der Löwengrube und dem feurigen Ofen
immer versehrter und immer heiler
stets von neuem
zu uns selbst
entlassen werden.

Cordelia Edvardson

Ich weiß, die Liebe lebt
scheintot im Leichentuch aus Vorbehalten
begraben unter dem Stein.
Nicht wegzuwälzen ist er
und redete ich mit Engelszungen.
In den Windungen des Labyrinths gingen wir irr
von fernher tönt die Flöte
doch der Ariadnefaden –
gerissen.

Spiele, spiel
mich hinauf aus der Finsternis
oder steige herunter ins Todesschattental
denn ich weiß, die Liebe lebt.

Hiob 19, 25-26

Albert Ehrismann

Orangen

Orangen, Orangen,
bitte, einen Franken,
bitte, einen Franken
für das hungernde Kind!
In den Bäumen
der teuersten Straße,
in den Bäumen der teuersten Straße
sägt der Wind.

Blondorangen, Blutorangen,
Kugeln rund und prall.
Einst in einer
Hirtenhöhle,
in der ärmsten Hirten Höhle,
zwischen Esel, Ochs und Rind
schlief im Stall
das Kind.

Orangen, Orangen,
bitte, einen Franken,
bitte, einen Franken
für das sterbende Kind!
Kugeln fliegen.
Mütter, tote.
Kinderfetzen, blutig rote.
Worte. Worte. Wind.

In den Bäumen
der teuersten Straße,
in den Bäumen der teuersten Straße
sägt der Wind.

Richard Exner

Berührungen

1

Oben
in der Wölbung
der Sistina
schwebt
mit ausgestrecktem Arm
der Schöpfer
seinem Ebenbild
entgegen.

Den dorthin gerichteten Augen
aller Erschaffenen
scheint es,
er berühre mit seinem Zeigefinger
Adams mühsam erhobene Hand.

Warum hast du,
Buonarotti,
diesen Zwischenraum
dennoch gelassen,
den nur Gottes Funke,
nur die Liebe
überspringt?

2

Welchem Handwerk
leihen wir
seit damals
unsere fast berührte
Hand?

Warum erdrosselt,
pfählt und zerstückt
einer den andern?

Ist es die lächerlich kleine
Spanne im Raum,
diese von unten gesehen
nicht mehr messbare Lücke der Schöpfung,
die er, in die Wölbung brandend,
mit einem geringen weiteren Strecken des Arms
hätte zu schließen vermocht,
mit einem winzigen Ruck
von Zärtlichkeit?

Wie rädert und martert
der schreiende Riss
die Schöpfung.

3

Buonarotti,
wer verstand damals
das Beispiel?

Sähst du uns jetzt,
du würdest dich sicher
dieser paar Millimeter
erbarmen.

Sieh doch ins Flammenmeer,
auf die höher als deine Kapelle sich wölbenden
Berge aus Menschenasche.

Noch ein paar Millimeter,
und Lippen ruhten
auf Wimpern, Hände
auf Händen, Haut
gegen Haut.

4

Berühren also,
ohne zu töten.

Nimm dir das bisschen Farbe
aus meinen Augen.

(Überlass das nicht
deinen Deutern –)

Mal sie noch,
Buonarotti,
uns zuliebe.

Mal sie noch hin,
um uns zu retten,
die wenigen Millimeter.

Rasch, rasch!

Yvan Goll

Hiob

I

Mondaxt
Sink in mein Mark

Daß meine Zeder
Morgen den Weg versperre
Den feurigen Pferden

Alte Löwen meines Bluts
Rufen umsonst nach Gazellen
Es morschen in meinem Kopf
Wurmstichige Knochen

Phosphoreszent
Hängt mir im Brustkorb
Das fremde Herz

II

Verzehre mich, greiser Kalk
Zerlauge mich, junges Salz
Tod ist Freude

Und nährt mich noch der Fisch
Des Toten Meeres
Leuchtend von Jod

In meinen Geschwüren
Pfleg ich die Rosen
Des Todesfrühlings

Siebzig Scheunen verbrannt!
Sieben Söhne verwest!
Größe der Armut!

Letzter Ölbaum
Aus Asiens Wüste
Steht mein Gerippe

Wieso ich noch lebe?
Unsicherer Gott
Dich dir zu beweisen

III

Letzter Ölbaum, sagst du?
Doch goldenes Öl
Enttrieft meinen Zweigen
Die segnen lernten

Im Glashaus meiner Augen
Reift die tropische Sonne

Mein Wurzelfuß ist in Marmor gerammt

Höre Israel
Ich bin der Zehnbrotebaum
Ich bin das Feuerbuch
Mit den brennenden Buchstaben

Ich bin der dreiarmige Leuchter
Von wissenden Vögeln bewohnt
Mit dem siebenfarbenen Blick

Günter Grass

Himmelfahrt

In hellgrauer Hose
mit dem Stein in der Tasche.
Aus dem achtzehnten Stockwerk,
an der siebenten Rippe,
dem neunten November vorbei.
Vorbei an dem Milchzahn,
dem obersten Knopf, der nur Zierde,
vorbei an zwei glatt und zwei kraus,
der Strümpfe lange Erfahrung.
Durch einen Knoten,
durchs Reich der Mitte,
der Tee ein vergebliches Bett.

Ohne den Stein.
Aus leerem Ärmel,
aus lauem Brunnen hinauf.
Durch das Nest eines Kuckucks,
die Hand der Kastanie füllt sich entsetzt.
Über den Scheitel von Schall und Vernunft,
durch blaue, schildlose Wüste,
durch Schränke, durch andere Knoten,
an zehn vererbten Geboten,
das Schaltjahr der mageren Jahre,
vorbei an dem satten Gehörn
himmlisch beschachspielter Kühe
und an der Zeit auf drei Spulen
und an dem Licht auf zwei Ämtern,

strickende, strumpftolle Sonnen.
Mitten durch Glatt und durch Kraus,
durch ein vermauertes Fenster,
nackt, in der letzten Livree.

Walter Gross

Aus Sambuca

Aus Sambuca war er, da ist nur Staub,
die weiße Asche der Erde, Staub und Erde
und die eine Wunde des Himmels aus Licht.
Die Ernte seines Jahres war ein Sack Oliven,
ein halber Mandeln, ein Korb mit Zitronen
und zwei Säcke Korn,
Wein trank er nur sonntags, zu teuer,
sonst Wasser.
Er nahm sich keine Frau, wie sollte er sie
ernähren, aber dann und wann gab es eine Mulde
mit Lippen, Brüsten, Schenkeln, wenig Worten
und einem langen Heimweg, und das immer
getragene Kleid war noch schmutziger.

Aus Sambuca war er, Lesen und Schreiben
hatte ihm niemand beigebracht: Diodor,
Empedokles, Aischylos, Verga, Pirandello,
Elio Vittorini waren für ihn keine Namen.
Er wusch sein Hemd selbst im Fluß,
führte der Wasser, sonst im Kübel.
San Cataldo mit den drei Kuppeln, Palazzo Reale,
San Giovanni degli Eremiti, der Dom
mit den porphyrenen Gräbern waren für ihn
keine Stätten: Palermo – sehr fern –
zwei Tage hin und zurück.

Er sah nie ein Bild von Fra Angelico,
Giorgione, Mantegna, Bernardino di Betto,
noch den Engel des Tiziano Vecellio in der Chiesa
San Salvatore, unbekannt blieb ihm der Zauber

eines Frauenbildes von Boltraffio.
Arezzo war nicht verbunden für ihn mit
Piero della Francesca, Capella Brancacci
nicht mit Masaccio und Lippi, auch nicht Sirmione
mit Catull oder Chioggia mit der Duse,
die Sonette an Colonna blieben für ihn ungeschrieben,
Dante hat für ihn nie bei Can Grande Zuflucht
gesucht, Petrarca ist für ihn nie nach Frankreich
geflüchtet.

Aus Sambuca war er, ein Sohn dieser Erde
und getauft im Namen dessen, der nicht
von dieser Welt ist.

Dorothea Grünzweig

Es drängt ihn beständig
mir zu berichten
er fliege nachts
nicht nur rund um die Glieder der Erde
durch alle Herren und Väter Länder
etwa den Balkan die Schweiz
ach was bis zu den Sternen
treibe es ihn täglich hinaus

Nur ab und zu
landet er not
wenn der Treibstoff des Traums
in den Schmerzen verpufft
erkennt er ein Zeichen an der Wand
das nennt er
Hundemarke

Es besagt
jetzt hängst du unten im Leib
in den Fesseln den Seilen
der Krankenphysik

Ach Schwester
mach mit mir
Vater flieg

Vater flieg
auf Kinderarmen
auf Lakenflügeln
auf Adlersfittichen

Peter Härtling

Für Samuel: Du kamst zu früh auf die Welt
und auf dich wartete ein Name, alt wie die Schrift.
Du wirst wachsen, in ihn hineinwachsen und wachsen
von Kleid zu Kleid, »dazu machte ihm seine Mutter
ein kleines Oberkleid und brachte es ihm Jahr für Jahr.«
Er wird zunehmen, heißt es, an Alter und Gunst
bei Gott und bei den Menschen. Ich wärme dieses
Gedicht für Samuel, einen meiner Enkel, und warte
auf die Strophen, die folgen, offen für seine Erwartung.

Rudolf Hagelstange

Denn Furcht beherrscht seit langem Eure Tage,
Furcht vor der Wahrheit. Eure Züge
sind fahl von Heuchelei und Lüge.
So wie das Zünglein an der Waage

den Gleichstand liebt, so sucht Ihr zu verbergen,
was Euch bewegt. Ihr braucht die Nächte,
um wieder Ihr zu sein: Verächter, Knechte,
Liebhaber, Günstlinge, Verschwörer, Schergen.

Ihr habt die Scham verraten, um in ihrem Kleide
das Licht zu täuschen, das die Wahrheit liebt,
auf daß es gleichfalls Eure Wege meide.

Ihr habt verwirkt, einander Recht zu sprechen.
Ihr ludet schreckliche Verbrechen
auf Euch. Ihr habt den Quell getrübt.

Ulla Hahn

Im Märzen

Ich dachte sagt sie ich hätte nur die Wahl
die Entbehrung zu lieben
oder gar nicht zu lieben

aber wenn ich den Dingen auf den Grund ging
fand ich nichts Kümmerliches
vielmehr Fülle und

Sättigung: staubiges Riedgras
am Teichrand Tumult
von grauen und grünen Schwüren

ein ganzes Wörterbuch voller
Versprechungen alte und neue
Töne und Farben

erworben in einer langen Geschichte
der Helligkeit. Woher diese
Strenge des Monats März

der um seine Segnung kämpft
wie Jakob mit seinem Engel:
Ich lasse dich nicht …

Der Himmel unentschieden. Grisaille.
Bleiern der Teich vereist
durchsichtige Tiefe

Jakob im Morgengrauen mit verrenkter Hüfte
Aber gesegnet so wie
die Erde braun wie das Brot.

Margarete Hannsmann

Brot und Wein 1983

In Arkadien
abseits
der Allerweltsstraßen
fanden wir
ein paar Bäume zur Rast

Wir hatten Wasser
im kühlhaltenden Styroporkanister
Oliven und Käse

Kein Dorf ringsum
das Haus versteckt
im Dickicht nahmen wir nicht wahr

Als wir lagerten
trat die Frau durch die Hecken
nicht jung nicht alt
im einen Arm
den Laib Brot
im anderen die Flasche Wein

Legte die Hand aufs Herz
und war verschwunden
bevor wir begriffen
es ist ihr Boden

Ich drückte das heiße
Brot an die Wange

Wir kauten wortlos
füllten den Becher

Arnim Juhre

Was unsere Armut anbelangt
(Lukas 16,9)

Was unsere Armut anbelangt,
unter mancherlei Wohlstand
glänzend versteckt –
den Mangel an Güte,
global und en detail –
den Eigennutz,
zur Tugend getrimmt:

»Aller Reichtum ist ungerecht.«
Das wußten wir schon.
Und wissen doch nicht,
wie viel das Wettrüsten kostet,
wie teuer der Reichtum,
der ungerecht ist,
sachgerecht verteidigt wird.

Hat niemand gehört,
nie einer gelesen,
daß es klüger sei,
sich Freunde zu machen
statt Feinde mit dem,
was ohnehin ungerecht ist?
Wer wohnt in den ewigen Hütten?

Es kommt die Zeit,
vielleicht schon bald,
daß wir die Obdachlosen fragen.
Wer kennt den Weg
zur bleibenden Statt?

Hans Keilson

Zug durch die Wüste

Wir brachen auf. Die Wüste lag im Schlummer.
Mit kalter Dämmerung stieg ein Tag empor.
Es wuchs das Licht in uns, und rings ward stummer
die Einsamkeit, die unser Herz befror.

Die Nacht am warmen Leib der stolzen Tiere,
dicht hingestreckt zu zweien und zu dritt,
schlief es sich gut, wie wenn den Troß man führe
zur Wasserstelle nach dem langen Ritt.

Die Wächter schöpften tief aus der Zisterne,
ein Mann schrie laut in einem bösen Traum.
Urängste brannten in den Himmel Sterne,
sie fielen, stiegen – Kieselstein und Schaum.

Dann kam der Tag, und unsere Augen spähten
weit in die Ferne, von dem heißen Sand
geschärft der Blick, um von den vielen Fährten
die Spur zu finden in das Land,

das unser wird, zu dem schon Jahr um Jahre
wir wanderten im glaubensblinden Muß.
Sonne und Stürme färbten unsere Haare
Zu Asche fahl, des Abschiedsengels Kuß.

Der alten Knechtschaft Ketten nun entronnen,
befreit von Fron, zu neuer Tat erwacht
hat uns ein Irrwisch tiefer eingesponnen
mit List in seine unsichtbaren Macht.

Noch dient sich's mühevoll dem neuen Herren,
noch ist sein Antlitz dunkel, unbekannt.
Er kann uns, Sklaven, durch die Wüste zerren,
doch sein Versprechen muß er halten – Land.

Gleich einer Insel an dem Saum der Fernen,
vom Mond beglänzt, nach Mitternacht betaut,
fiel unser Land, vertrieben von den Sternen
in unser müdes Herz, auf Hand und Haut.

Oft war's, als ob am Horizont ein Schatten
aufwallt und sich zu einem Bilde webt,
das wie ein kühler Trunk den Leib, den matten
wohlig erquickt und neu den Mut belebt.

Dann stiegen Lieder auf, starke Gesänge,
dazwischen Rufe wie vor Tag und Tau –
Zum Volke ward die unbehauste Menge
in ihrer Hoffnung trügerischer Schau.

Ein Greis führt uns, wir sind das Heer der Greise,
um alt zu werden, sind wir nimmer froh.
So singt kein anderes Volk im Erdenkreise,
das in die Wüste vor dem Tod entfloh.

Gar manche starben vor dem Ziel, verbittert,
zur Ruh gebettet unter einem Stein,
der gleich dem Leichnam mit der Zeit verwittert
und Sandkorn wird und namenlos Gebein.

O Auszug voller Hoffen ohne Ende,
o Müdigkeit, wenn's endlich Abend ward,
o Sternenfall, nächtliche, kalte Brände,
ihr Zeugen dessen, daß man uns genarrt.

Um Mitternacht – wir kamen zu dem Berge,
der seinen Groll mit unserem verwob,
der in der Ebene stand, steinerner Scherge,
uns seines Gottes grimmige Kunde schnob.

Da endete der Wille allem Volke
länger zu tragen Schmach und Ungemach.
Den Berg hinan, wo eine Feuerwolke
die Nacht mit Rauch und Schein lärmend durchbrach,

stieg unaufhaltsam, furchtlos alles Sehnen
der Wanderschaft in Drangsal und Betrug –
kein Klagelaut, kein Bitten, keine Tränen.
Die Botschaft drohend, stumm, daß es genug.

Die Bitterkeit des liebeleeren Glaubens,
des Dieners Schmach, geschmälert um den Lohn,
vertane Zeit des Schweifens und des Raubens,
der Jugend Tröstung und des Alters Hohn –

An diesem nächtigen Berge hat geendet,
bevor der Tag noch zeichnet seine Spur,
die Last, an die wir unsere Kraft verschwendet.
Der Bund zerbrach, es riß – Siegel und Schwur.

Solang im heißen Wind noch Karawanen
vom Durst gebrannt den Elendsraum durchziehn,
und ihr Begehren ungestillt die dunklen Fahnen
des eigenen Trugs läßt schwellen und verglühn ...

Solang im Fieber bunte Träume laben
den Süchtigen mit Flüchen und Gebet,
bleibt diese Nacht für allzeit eingegraben
im Wüstensand, der Menschenspur verweht.

Wir schliefen ein, umhüllt von Wolkenmassen,
Atem der Berge, wenn sie Großes tun
und ihre Gipfel in dem Licht verblassen,
das nie die schauen, die im Tale ruhn.

War dies ein Ruf? Doch niemand, der ihn hörte.
War dies ein Zeichen? Niemand, der es sah.
Die Ruhe eines Wüstenschlafs verstörte
ein Rufer, ferne bald – bald nah.

Und wer mit Augen sah, der ward geblendet,
und wer mit Ohren hörte, wurde taub.
Dies sind die Zeichen, die der Himmel sendet
seinem Geschöpf aus Ewigkeit und Staub.

Die letzte Nacht. Abschied und Ende. Stummer
der Tritt von Tier und Mensch. Der Berg entschwand.
Wir brachen auf. Die Wüste lag im Schlummer.
Vor uns Verheißung – das gelobte Land.

Uwe Kolbe

Gebet der Moderne

Der Morgen und der Abend,
zwei Punkte in der Welt, dazwischen
du Nichts bist, nichts weißt.
Grindig, verantwortungslos, stumm.
Der Hund mit dem konkreten Lebens-
erwerb und dem mystisch umnebelten
Herrchen. Verweise und Akten,
Beileid und Dankesbezeugung.
Der Haufen Dreck einer Stadt,
die leichte Brise im Dorf,
aber kein Gegeneinander, das
erschütterte. Wohin, mein Freund?
Aus der Welt, über sie hin?
Feuchter Flug durch trocknes Blut.
Ein Tropfen der Hölle aus einem
der äußeren Kreise. Hach
wie gelehrt wir sind mit Dante
in unserer Mitte. Schwarze Spiegel
teilen die Zeit. Zweimal Unendlich
wölbt sich und gratis: Das Dritte
(das Nichts). Verfluchter, der du
eine Pumpe bist, ein Blasebalg,
eine Schaufel von Ewigkeit
zu Ewigkeit. Gott bewahre.

Ursula Krechel

Den Boden versiegeln, die Landschaft versiegeln
als sei's ein abgeschliffenes Parkett –
doch wer ist es, der den Boden versiegelt
die Landschaft drückt, bedrückt, *plattmacht*?
Niemand war es, will es gewesen sein
niemand wird jemals –. Folgen ohne Ursachen
versiegeln Vergangenheit. Natur
nimmt ihren Lauf, Bäche schwellen
Flüsse steigen. Und kein versiegelndes Subjekt.
Einmal versiegelte die Hand einen Brief
drückte dem Schriftstück ein Siegel auf
oder die Liebe jubelt im Hohen Lied:
Wie ein Siegel lege ich mich dir aufs Herz.

Johannes Kühn

Frühling

Frühling wirft die Stimme grün.
Sonne lacht mit gelber Zunge.
Grauer Vorhang
vor den Augen sinkt.
Mittag, Mittag
tanzt auf einem Bein
roten Tanz
durch Gebüsche rund.

Hinter Bällen volle Zeit vertun!
Unter Schmetterlingen Brauttag sinnen.
Ohne Wahl sind mir die Sterne zugeordnet
nachts.

Himmel
haben weitgeöffnet ihren Spiegel,
Hauch der Wasser
bläst sie klar.

Füllen einer Wiese
tragen nichts als luftig Glück
schönen Laufes auf dem Rücken.

Wer tat auf die Tür
des Paradieses, daß dies Bild
heraustrat?

Arnold Leifert

Hindurchgehen

durchs Astwerk der Bäume
dem Winter zu

kahl
aber vorwärts
auf den Schnee hin

sanft sein
im Überleben

ein karger Zweig
schreibt vor die
Wolken

Tod oder Leben

ich bin

Alfred Marnau

Mein Vetter Makkabäus

Mein Vetter Makkabäus, groß und stark, geboren
im Hinterzimmer eines Krämerladens
am Marktplatz eines unbekannten Nests,
kennt die Geschichte der verwegenen
Gemetzel aller Zeiten und erinnert sich
der berühmten Könige und ihrer Damen.
Mit einem Leopardenfell geschürzt, siegt er
in jedem Zweikampf. Straßenfeger
und Bäckerjungen grüßen ihn wie Zecher,
wenn er zwei Tage weilt in irgendeiner Stadt.
Mit seinem Wink bestellt er Meeresschiffe
und die Kapitäne, Zöllner, Winkelschreiber
dieser Welt sind ihm untertan. So beschritt er
unbekümmert den alten Weg nach Südamerika,
wie alle sonngebräunten, sturmzerzausten, kühnen Männer:
längst nicht gewahr der Angst, vom Zweifel nicht behindert.

Mich aber überfiel der Rauch der Irrnis und die Glut
des Aufruhrs schlug Funken hoch in meinem Distelkranz.
Die große Änderung geschieht an mir,
und wenn ich der Erleuchtung Finger spanne,
weiß ich nicht mehr, was meine rechte Hand
anrührt, was die linke, Baumwurzel oder Sternbild.
Erschöpft von Unruh trage ich der Menschen
ewigen Kampf aus und hebe am Ende
hoch meine Arme bis ans Gitter irgendeiner Zelle,
es bröckelt der Zement, die Stäbe klirren, und ich segne
den Untergang mit dieser eisernen Monstranz.

Dem Narren gleichend zwischen den Ruinen
der Tieraugen, Blumen, Herzen, singe ich hinaus
in die Nacht mein Kyrie eleison, Christe, Christe eleison,
und staune traurig wie mein Vetter Makkabäus
des Südens Wasser übermütig gurgelt, spritzt und lachend
Haifischen übers Maul schlägt, nicht beachtend
Zähne, Hunger, Bosheit.

Walter Mehring

Die Umschöpfung

Und eines Tages war'n sie soweit
        Da waren sie: Über alles
        Und bis zur Unmenschlichkeit
Total befreit – wie niemals seit
        Der Schmach des Sündenfalles!
        (Im Anfang schuf Gott den Himmel und die Erde …)
Kein Himmel mehr – nur Flugabwehr
        Neinsager deckt die Erde
        Da war nichts mehr – kein Feind, kein Ehr!
Doch sie marschierten drüber her
        Mit dräuender Gebärde.
        (Da sprach Gott: die Erde lasse junges Grün sprossen …)
Da pflanzten sie um jedes Gras
        Ein Drahtverhau zur Warnung!
        Setzten den Frühling unter Gas
Krochen in Deckung, suchten todblaß
        In grünenden Wäldern nach Tarnung.
        (Da machte Gott die beiden großen Leuchten …)
Da ward nicht Tag nicht Nacht geschont.
        Sie richteten Kanonen
        Sie ballten die Fäuste gegen den Mond
Und brüllten: Wir sind zu sterben gewohnt
        Wir sechsundsechzig Millionen!
        (Da segnete sie Gott und sprach: Seid fruchtbar
        und mehret Euch …)
Sie mehrten sich, ohn' Liebe und
        Ohn' heimliches Begehren.
        Sie paarten sich je nach Befund

Es heirateten ›Erbgesund‹
    Und ›Tauglich-zum-Gebären‹.
    (Und Gott schuf den Menschen nach seinem Bilde …)
Da maßen sie erst mal das Bild
    Nach Farben, Nasen, Schädeln.
    Die Abel wurden abgekillt
Die Kaine wurden umgedrillt
    Den Adam zu veredeln.
    (Und Gott sah, daß alles, was er gemacht hatte,
    sehr gut sei …)
Da bauten sie, daß ihr Walhall
    Den Himmel überrage –
    Kündigten Gott den Sündenfall,
Boten ihm einen Frieden im All
    Zunächst bis zum jüngsten Tage!
    (So wurden vollendet der Himmel und die Erde …)

Bernhard Nellessen

am grab von udo engel
(† 1977)

das letzte geleit
an die biegung des weges
wo die erde keine risse mehr hat

beendet nicht
deine antwort. wo immer du bist
fragst du fort

wohin dieses leben, wie tragbar
die hoffnung in irdenen gefäßen
unversehrt durch das dunkel –

it's a lesson
too late for the learning
made of sand, made of sand …

Hans Sahl

An eine Schulklasse

Ihr, die Ihr geboren seid,
um zu vergessen,
was wißt Ihr von den Tollheiten der Menschen?
Die Wiese, auf die Ihr Euch legt,
verrät Euch nicht, wieviele von uns
dort umkamen,
die Hand, die Ihr schüttelt, daß es
eine Mörderhand sein könnte,
die Euren Gruß nicht verdient.
Unser Dasein ist für Euch bereits Legende
geworden,
unser Leid ein Gerücht von gestern.
Aber in den Liedern der Vertriebenen
und im Rascheln des Windes,
der ein verbranntes Buch aufblättert,
erzählen wir Euch, was geschah,
als der Hahn zum drittenmal krähte.

(Den Schülern von Butzbach gewidmet.)

Armin Senser

Adventslied

Würdest du ertrinken, ich ginge übers Wasser, fischte
dich heraus und würde heißen Tee machen.
Wärst du ein Fisch, du hättest nichts zu lachen,
müßtest in einer Träne schwimmen, die dem Auge entwischte.

Wärst du blind, ich versetzte Berge, Straßen und ein Haus,
und ich schwör's, auf deinem Weg gäb's keine Staus.
Wär ich Polizist, ich zöge dich aus dem Verkehr, auch als hohes Tier,
wegen Tempoüberschreitung in einem Nadelöhr und Villenquartier.

Wäre ich dein Nachbar, ich würde durch Wände
gehen, um zu hören, was dir auf der Zunge brennt.
Wischte Staub, gösse die Blumen, verschwände
wieder und, wär's bitter, ich schriebe ein neues Testament.

Und wäre ich etwas jünger, ich wünschte, ich wäre Simeon
oder wenigstens so unbeugsam und stur wie Zenon.
Und wärst du Tourist, ich wüßte, du kämst zurück,
denn der Grund dafür wäre sicher nicht das Glück.

Ron Winkler

Systemverlust
(für Volker Braun)

die eine Welt war wieder sichtbar
zwei geworden
auf den Bildschirmen David
und Goliath, die Rollen vertauscht
atmeten Rückschlag
Entschärfung der Lage
durch entSchöpfung
längst begonnen
hat der achte Tag
das *THEATER DER TOTEN*
die Zukunft geht aus (uns)
von VISIONEN
zu sprechen liegt mir *fremd*
wohnhaft in Fatalismus
der Restposten Mensch
mit der Lösung *durchdacht* aus
IBM thinkpads
sprechen Runen in die Luft
›wir‹ schießen in die Wiege
die uns (Knochen) brach
K...-KARTHAGO
das Pentagramm ist mit uns

Paul Wühr

ICH HABE DEN Fehler nicht
machen müssen weil

der sagt
ich bin der Fehler
der ich bin

lasset uns den Fehler machen
ein Bild
das uns gleich sei

Eva Zeller

Das Stündlein

Die Stunde,
die man das
Stündlein nennt.

Befeuchtet mir nicht
mehr die Lippen,
zieht die Kanülen
aus meinen Venen,

hört auf, mich
zu beatmen, nehmt
die gelbe Urintasche
von der Bettseite,
geht,

der letzten Worte
sind genug gefallen.

Noch kann ich die
Lider selber schließen,
um an Deinem Bild
zu erwachen,

als ob, wie in
Dantes Paradiso
mein Schauen größer wäre
als die Sprache,
die ihm nicht gewachsen.

Eva Christina Zeller

Stiftsgarten, Tübingen 9

erste schritte auf der kreiselnden erde
der schwankende grund
du spürst ihn
noch ist balance
eine kunst und alles
muß gelernt sein gehen
auf schwankendem kahn auf dem fluß
den zweig in der hand auf mich zu
stolz dein geschenk vor dir her
der weidenzweig vom ölbaum am neckar
konnte noah sich heller freuen als die taube geflogen kam?
die sintflut ist überall staudämme tückisch
die ufer begradigt sie täuschen sich nur
ich höre die flut und ich sehe mein kind
einen zweig in der hand

Ute Zydek

Menschwerdung

Ich werd mich übergeben müssen
noch und noch
ich werd mich häuten müssen
sieben mal siebenmal.

Bildhorizonte

Hans Carl Artmann

geh hinaus aus deiner sterndeuterei, es gilt kein sternbild: eine weisung, die jahwe dem abraham gab, obgleich er doch selbst die gestirne in die dröhnende unendlichkeit gebreitet hatte, diamanten der urflut, den menschen zur betrachtung und auslegung

Cyrus Atabay

Ein Tatar lächelte sogar

Schnee fällt in die Kirche,
Pollen treibt durch die Luft –
der Gesang von Gabriels Flügeln
berauscht die wilden Blumen.

Foma, hörst du das Unhörbare?
Siehst du das Ungesehene?
Was sind das für Stimmen?
Du sagst, es ist die Nachtigall.

Die Liebe sucht nicht das ihre,
sie verschwendet sich.
Der Fremde trug eine blanke Rüstung,
ihr Glanz hat die Liebste geblendet.

Die Bilder werden weiter glühen,
auch wenn das Feuer erlischt.
Regen tränkt die Erde und die Kreatur,
der Bach wäscht Blut und Tränen fort.

Wolfgang Bächler

Erwartung

für Michael Krüger

Die Schiffe fahren ohne mich aus.
Ich bleibe auf den Landungsstegen zurück,
umzingelt von Möwen.

Sie öffnen die Schwingen
wie Fenster,
durch die ich das Meer
mit anderen Augen sehe.

Langsam entfaltet der Himmel
ein mächtiges Segel
über dem Steg.
In der Abendbrise
beginnt die Fahrt
auch für mich.

Peter Beier

Vor acht

vor acht in der frühe
vor entfernung des zahnbelages
vor säuberung des auswendigen menschen
beim abzählen der falten
meines mittelmässigen gesichtes
glaube ich
den biblischen träumen
ebensowenig
wie meinem eigenen traum
vom bezwungenen gipfel

aber nachdem sie
die füsse abtraten
auf meiner christlichen haut
nach händedruck und erzwungenem lächeln
nach stattgehabter probe
aufs exempel
meiner unkontrollierbaren äusserungen
in der dämmerung ich weiss
fliegt die eule der minerva
wächst der glaube
unter den schwingen der nacht
steht als jüngling
mit erhobener fackel
am gartentor gottes
schüttelt die sternenmähne
und spricht
warte freundchen

der neue morgen
er kommt
gewiss

Rolf Dieter Brinkmann

Schnee

Schnee: wer
dieses Wort zu Ende
denken könnte
bis dahin
wo es sich auflöst
und wieder zu Wasser wird

das die Wege aufweicht
und den Himmel in
einer schwarzen

blanken Pfütze
spiegelt, als wär er
aus nichtrostendem Stahl

und bliebe
unverändert blau.

Hans Georg Bulla

Nachtgarten

Im Nachtgarten österlich
der Blick durchs Okular
ein klar schwarzer Himmel
in dem der Komet steht
ein geöffnetes Fenster sagst du
aus dem das Licht fällt
so daß wir weiter sehen können.

Hans W. Cohn

Neujahr

Es ist leicht
das alte Jahr
fortzuwerfen –
abgeblüht
die Früchte verzehrt
soweit sie genießbar waren
die Erde verbraucht
der Topf zersprungen –
um ein neues zu kaufen.

Schwieriger ist es
das alte Jahr
liebevoll
umzupflanzen
in frisches Erdreich
einen neuen Topf
damit vielleicht
aus den alten
schmerzerfahrenen Wurzeln
ein neues
wächst:
ein reicheres.

Rosemarie Egger

nach meinem tod …

möchte weit reichen
nach meinem tod
die schatten rot färben
nach meinem tod
wie ein bauer pflügen
die herzen
nach meinem tod
besamen
mit lauter güte.

nach meinem tod
möchte ich noch nicht
gestorben sein.

Walter Helmut Fritz

Die Erde auf einem Photo

Da ist die Erde,
zum erstenmal,
da ein Sturmwirbel,
da ein Wolkenband,
leicht zu erkennen,
das vermutlich dem Lauf
der Anden folgt.

Da ist die Erde, die
birgt und verbirgt Leben,
von Svevo eine Krankheit
der Materie genannt.

Da ist Abenddämmerung,
da ist es hell –

durch geborgtes Licht,
von weither,
Licht in Scharen.

Albrecht Goes

Erwachen wieder

Erwachen wieder
Und so angstvoll früh
Als wärs schon bald zu spät –
Wofür zu spät? Frag nicht, wofür zu spät.
Zu spät, um ganz die Notenschrift zu lernen,
Darin die ersten Amsellieder stehn,
Der Lobgesang, der Lockruf aller Liebe,
Die Stimme Warnung an die junge Brut:
Raub Tod Geschrei Gewalt ist in der Welt.
Ich weiß. Du weißt. Wir alle hier –
Und dennoch:
Den Morgen dieser Erd', und wärs der letzte,
Wag ich zu rühmen in der Amsel Lied.

Michael Groißmeier

Herbstabend

Der Himmel, gehalten nur
von den Rauchsäulen der Kartoffelfeuer.

Vogelschwärme, wie Weihrauch
bläulich unter Kuppeln hin.

Laurentius auf dem Rost.
Unter ihm die Wolkenglut,
vom Wind geschürt.

Die Funken stieben:
Sterne.

Der Vollmond
hinter dem Märtyrerhaupt
wandelt sich zum Heiligenschein.

Ich seh den Himmel offen.

Auge in Auge
mit dem Unsichtbaren.

Harald Hartung

Weißer Jahrgang

Ach die Dicke Berta
Schwarm meines dritten Schuljahrs
ein schweres Geschütz
Die Mädchen kamen später
Vorher das Seitengewehr
die Blutrinne sah kein Blut
Mein Engel macht eine Aktennotiz

Manfred Haustein

Veni Sancte Spiritus

Noch einmal, Herr,
Pfingsten
mit Brausen
und Sturzbächen Geist
in unsere
lechzende, rissige
Trockenheit.

So Wüstenwohner
Regen fassen
in Zisternen,
ausgespannten Häuten,
Handschalen,
bebenden Mündern …

Noch einmal, Herr,
Pfingsten
mit Brausen
und Sturzbächen Geist.

Manfred Peter Hein

Schlag ins Wasser

Auge um Auge
Spiegelscherbe Widerschein
in Szene gesetzt
                    was über euch kommt
                    Geschrei ein Schlag ins Wasser
                    Fata Morgana

geh aus dem Weg mir geh mir aus dem Weg

                    Leben für Leben
                    Aug um Auge Zahn um Zahn
                    Wer aber sagt euch

gesetzt in Szene
über gepeitschten Spiegel
Friede in Friede

Klaus Hensel

Erinnerung an ein Blau –

Der Himmel ist der ferne Spuk
Der Meere, Hof der Salze, wenn
Das Wasser sich verfliegt, letztes
Licht auf einer Netzhaut, wo
Der Staub sich Augen gibt –

Jörg Jordan

venezianisches abendmahl

der galiläer war in die
stadt gekommen
in der trattoria
nahe san marco
wurde das brot gebrochen
und wein geschenkt
und nach dem essen
brachte der wirt einen grappa
und erzählte von emmaus
und nur in den vielen kirchen
der stadt wusste man nichts
davon

Wulf Kirsten

Unterirdische Landschaft
für Paul Hoffmann

über der hügelkette stiegen die quellgeister
auf, ins bodenlose nichts gesunken
ritterstege, drescherwege, abgedungen,
feldverschlungen, hier noch ein fingerzeig,
da ein zerfließender purpurstreif,
und schon sind sie alle, die eben noch
vielzählig schrappten, im schwarzen hafer
gelandet, hinker, lehmstecher, kleien-
speier für nichts und wieder nichts
den rücken krumm geschuftet, jedwedes
wort und widerwort in lange geschichten
getaucht, die sich nicht aufheben ließen,
der schmied hat seine schönsten entwürfe
ins feuer geworfen und mit dem vorschlag-
hammer ausgetrieben, dem ackergaul
die eisen aufgebrannt, da flog im funkenregen
ein feuriger engel mit gläsernen flügeln
aus der dunklen torfahrt in die himmlischen quell-
flächen, die statthalter der mitternächtigen macht
sind ärschlings in die hölle gestürzt,
weit draußen im gelände werden die linien
zu garben gebündelt, sanft und behutsam
umflort, eine strohfarbne ernte,
eingebracht hinterm horizont, dort, wo sie
abkippt und alles ungewiß wird für die eigenen
augen: *das dürre land wird fröhlich stehen.*

Werner Kraft

Auf

Wie die Dinge liegen,
Stehn sie niemals wieder –:
Auf!

Karl Krolow

Licht

Als bliebe es so für immer:
das Licht und wieder das Licht,
wie es leuchtet in jedem Gesicht,
leuchtet mit einem Schimmer

aus einer helleren Welt
als der uns'ren mit ihrem Dunkel:
Licht, das mit seinem Gefunkel
die irdischen Schatten erhellt,

noch einen Abschied wie Sterben.
Es leuchtet als Überleben.
Ich seh' es, sehe sein Schweben
über allen irdischen Scherben.

Reiner Kunze

Zuflucht noch hinter der Zuflucht

für Peter Huchel

Hier tritt ungebeten nur der wind durchs tor

Hier
ruft nur gott an

Unzählige leitungen läßt er legen
vom himmel zur erde

Vom dach des leeren kuhstalls
aufs dach des leeren schafstalls
schrillt aus hölzerner rinne
der regenstrahl

Was machst du, fragt gott

Herr, sag ich, es
regnet, was
soll man tun

Und seine antwort wächst
grün durch alle fenster

Paul Konrad Kurz

Mehr oder minder Wappentiere

IHRE Tiere:
Adler, Doppeladler,
gekrönter Adler,
Löwe, Wolf, Hahn.

SEINE Tiere:
der Fisch, das Lamm,
die Taube, der Sperling.

Elisabeth Langgässer

Winterwende

Welches Kommen! Welches Gehen!
Hundepfiff und leiser Schrei.
Geisterhafte Lüfte wehen,
überm Dornwall schwarzer Schlehen
jagt Orion hoch vorbei.

Durch die sturmgepeitschten Lücken
dünnen Schneefalls tastet blind
nach dem Vater auf dem Rücken,
nach dem Sohn im Niederbücken,
sich Äneas gen den Wind.

Huschend kehrt ein flinker Schatte
Mit der Schleppe seine Spur:
Helena im Leib der Ratte
sucht von neuem Heim und Gatte,
Liebe bettelt der Lemur.

Trojas Trümmer wandern weiter,
aufgebaut im Wolkenmeer,
aber des Gesanges Leiter
an die Zinnen, spukhaft heiter,
legt uns Armen kein Homer.

Altes kommt – und ist im Gehen:
Troja, Sternbild, Pfiff und Schrei.
Geisterhafte Lüfte wehen,
überm Dornwall schwarzer Schlehen
flammt ein Kreuz im Hirschgeweih.

Wilhelm Lehmann

Februarmond

Ich seh den Mond des Februars sich lagern
Auf reinen Himmel, türkisblauen.
In wintergelben Gräsern, magern,
Gehn Schafe, ruhen, kauen.

Dem schönsten folgt der Widder, hingerissen.
Die Wolle glänzt, gebadete Koralle.
Ich weiß das Wort, den Mond zu hissen,
Ich bin im Paradiese vor dem Falle.

Kurt Leonhard

Wessobrunner Gebet

dies erfuhr ich unter Forschern
als der Lehren letzte
daß Erde nicht sein wird
noch darüber Himmel
nicht Baum nicht Berg sein wird
noch Sonne scheinen
noch Mond leuchten wird
noch die sagenkundige See
und wird niemand sein
niemals nirgends
da wird doch sein der alleinige Geist
dessen Definition unendliche Negation ist
Herr des Möglichen und der Widersprüche
Punkt
aus dem alles kommt
Kreis
in den alles geht

Friederike Mayröcker

Salzburg Pachermadonna Franziskanerkirche

zwischen den Zimtbäumen
in dem Jahrhunderte später hingehaltenen
Spiegel die Augen blau verhüllt
der Madonna niedergeschlagen die dunkle
Traubenfrucht in der Linken, im
konzentrischen Morgenstern zu beiden Seiten
des Throns die Blütenlaube die Hand
die zu berühren mich verlangte
in nicht berührbarer Nähe Kehlenkuß im Geflüster
das schmallippige das schöne
Kind hinter Wachspapierhäutchen wie damals, Turm
und Gehäuse der alte Beichtstuhl von damals, das
Erwachen an Augen, wir machen pausenlos Lebensfehler,
aber die schwebenden Köpfe
der Engel gekeilt in die strahlenden
Lanzen, transparenzkissenschwer (›Himmel
auf Erden‹)

für Bodo Hell

Dagmar Nick

Über dem Hafen von Lindos

Wo uns ein Glanz auffängt,
wenn wir stürzen:
das Mitternachtsnetz, sterngeknüpft.
Sei getröstet und lasse dich fallen.
Nirgends ist Leere.
Hänge dein Herz an den Sternschweif,
der das Licht Kassiopeias zerteilt.
Wage dich.
Wage noch einmal die Liebe,
diesen Salto mortale,
spring ab,
über die nachtenden Wasser hinweg –
da ist der Himmel gespannt
dir zu Füßen!

Brigitte Oleschinski

Vergessen zum Beispiel, wie einmal jeder Looping

das Haar mit sich riß, dröhnend, als hebelten wir daran
den leergefegten Himmel aus, kein Stroh mehr, kein aus den Knien
wimmerndes Gebet. Vergessen, vergessen, bis im

prickelnden Licht plötzlich die Hügel rundum

ihre Wege vor einem Bilderstock kämmen, den ein längst verblaßtes
Mariengesicht bewohnt, angesungen

von Flughafer und Raps

Thomas Rosenlöcher

Wie es wirklich war

Die Ausdruckskraft meines Hinkens entsprach
dem Grad der Deformation des Treteimers.

Was ist denn mit Dir los? Schwer zu erklären,

daß gleich hinter Arnims umsandeten Schloß
gelblichtüberbändert die Alpen auftauchten,

so daß ich die Hände vom Lenker aufhob
und heilig heilig heilig ist der Herr Zebaoth rief,

eh, nach anschließendem Scheppereignis
an meinem Ohr ein Tier Toccata und Fuge d-Moll sang.

Und aus höchster Höhe ein unberührbares
Schneefeld hereinkam, von Rosen schwanger.

Was ist mir Dir los? Dein Knie blutet ja!

Nichts weiter. Nur wieder am Himmel
eine irrsinnige Installation.

Walle Sayer

Exkursion

Überm Kapellenberg
das Posaunenblau einer
Aufbruchstimmung.

Weit genug weg
sind die Strommasten
Skalenstriche.

Mit seinem Kreisen
zeichnet der Habicht
ein Höhenornament.

Die Ebene:
eine Offerte
des Lichts.

Margot Scharpenberg

Vergangene Zukunft

Wie lange halten
die Paradiese
wie schnell verschleißt unser Traum

Utopia
gestern und morgen
dazwischen wir
auf erdachten Stühlen
bestraft mit dem Anteil
Niemandsland

verstoßen zum formlosen
Augenblick
außerhalb Ordnung
gut oder böse
das Muster Geschichte
der blühende Garten Futur

und wozu gehört
die ich besteigen möchte
mit allen Nadelöhr-
Kreaturen
die Arche

Bruno Stephan Scherer

Gott zeichnen

Zeichnen Sie mir Gott
verlangte der Psychotherapeut

Sie rief:
Wie kann ich zeichnen
was ich nicht gesehen
nicht gefasst, nicht begriffen habe

Er schwieg
Sein Gesicht blieb hart

Unwirsch zog sie einen Kreis
über Blatt und Tisch:
Sonne Erde Gestirn
oder welche Kugel

Nun geben Sie ihm einen Namen
bezeichnen Sie Gott

ER ist zu gross
zu herrlich, murmelte sie
zu vollkommen-schön
Ich finde keine Worte

Denken Sie nach:
Wie lassen sich Vater und Mutter
Bruder und Schwester
Freund und Geliebter
mit einem Namen benennen

Sie verbarg ihr Gesicht
mit den Händen
und flüsterte:
DU

Silke Scheuermann

Vorstoß ins Unsichtbare

für Antoni van Leeuwenhoek

Hat inwendige
Jahre gekostet
weil dieses Suchen
tief starten mußte
bis es äußerlich sichtbar war

bis Neugier
ihm grüßend im Nacken saß
spinnenartig mit allen Armen ruderte
um ihrerseits
überall reinzusehn

Hat außen Glauben
und Haar verschlungen um
Platz zu schaffen Bis er anfangen konnte
zu erfinden was man finden
mußte als allerneustes Weltsichtgerät

Er erstrebte
die schärfsten Augen der
Zeit zu bekommen
begann eine vergrößernde Linse zu bauen
die half dem Blick Flaneurticket

durch Wassertropfen
durch das Schauspiel des
Regenwasserballetts
das winzige Wesen
zwischen Algenfäden veranstalten

Kuglig in Sternen Spiralen
sausten da Körper
tuckerten Schiffchen
Bewegt war die Landschaft
der Schimmelpilze

Draußen den Regenbogen
den die Pinzette nicht faßte
fand der Erfinder
bald übertrieben

Eine einzige Stubenfliege
mit ihrem Facettenauge war
auf einmal sehr groß
zu groß
um sie im Ganzen zu besehn

Wolfdietrich Schnurre

Damals

Ich spür es am Kiel meiner Brust:
bevor ich
dieses Bündel von Wünschen hier war,
bin ich
ein Kranich gewesen. Ich stand,
den arglosen Hals
hoch ins All aufgerichtet, im Schilf
einer werdenden Welt
und sog, mit einem sanften
Klappern im Schnabel,
einen Odem ein, der
noch frei war von Schuld,
in dem
nur Frühe war, furchtloser Tau
und eine
Heiterkeit ohne Geruch;
spürbar allein
war zwischen den Zehen der Schlamm.
Alles, was sonst noch
am Himmel und über den Wassern geschah,
geschah gewaltlos
und still.

Stephan Reimund Senge

Nach Weihnachten

Nach Weihnachten
ein Gedicht über Gott
in den Schnee
kratzen.

Wenn es taut,
weiß man,
bleibt nichts,

nichts außer dem Wunsch
später nach Weihnachten
ein Gedicht über Gott
in den Schnee zu
kratzen.

Christel Trausch

Fries der Lauschenden

Geschlagene waren wir,
den Wurzeln entrissen,
aus Windgesängen gesägt.
Ein Menschlicher
hat uns geborgen,
behauen und hören gelehrt.
Nun auferstehen wir täglich.

Günter Ullmann

alles spricht
der mensch das tier
die pflanze
selbst der stein lächelt
wenn du ihn sanft berührst

alles spricht
der himmel die erde
das wasser das feuer
nur wir sind blind und
taub
und verstehen uns
nicht

Jan Wagner

Hamburg–Berlin

der zug hielt mitten auf der strecke. draußen hörte
man auf an der kurbel zu drehen: das land lag still
wie ein bild vorm dritten schlag des auktionators.

ein dorf mit dem rücken zum tag. in gruppen die bäume
mit dunklen kapuzen. rechteckige felder,
die karten eines riesigen solitairespiels.

in der ferne nahmen zwei windräder
eine probebohrung im himmel vor:
gott hielt den atem an.

Unabgegolten

Rose Ausländer

Als wäre

Gott
sagt der Mensch
als wäre er
ein Richter
säße im siebten Himmel
seine Aufgabe
Menschen zu verurteilen
oder zu belohnen

Dieser kleinliche Gott
vom Menschen erschaffen

Als wäre nicht
der Mensch
ein Pünktchen auf Erden
die Erde ein Pünktchen
im endlosen Raum
unter unendlichen Welten
die der Mensch
sich nicht einmal
vorstellen kann

Heiner Bastian

begonnene beobachtung

aber an manchen tagen
ist es ganz und gar still

unwirklich ist nur das lautlose
licht aus großer entfernung

doch es beunruhigt nicht

vielmehr ist es als käme es
eigentlich woanders vor

so leben wir
unbeobachtet und rätselhaft
in altertümlichen aufzeichnungen

in denen sich ungeduldig
unsere eigene gegenwart wiederholt

wo eben noch ein tag war
und man jetzt ein gespräch beendet

verbreitet sich eine unaufhörliche
geschichte vor dem einfarbigen himmel

Peter Baumhauer

Noch einmal
als eden erlosch
sprachst du ein wort
ein nahes ein fernes

einmal noch
ehe ich ging
brachst du vom lichtbaum
vom feuergeäst
die glut-die-lebens-
hieroglyphe

du hast sie
mir durch die blicke
gebrannt
in die lippen die stirn –
den abschieds-
deinen willkommgruß

immer
geh ich seitdem
im nachtland gezeichnet
wege aus sinnen
silben
gesicht

bis du
mir wieder
dein edenwort sprichst
dein nahes dein nahes

Uli Becker

Klar kommt der Knochenmann, der Sense macht,
so sicher wie der Klingelbeutel in der Kirche
kommt der, und genauso kommen wir
dann alle ins Paradies ... Bis dahin aber heißt es
leben mit den künstlichen, den Einkaufsparadiesen.

Der Mensch –
ein Wort,
von Gott gehalten

Der Mensch –
ein Wort,
von Gott fallengelassen

Der Mensch
hat das Wort,
wenn Gott ihn ruft:
es ist das letzte,
mit dem er widerspricht,
das erste,
das er wieder spricht

Marcel Beyer

Staub

Und was ist Staub, will ich dich manchmal
fragen, wenn abends jemand einen Augenblick
auf die Terrasse tritt, wenn er die Fußmatte
am Steingeländer ausklopft, mit kurzen Armen
und mit überzeichnetem Gesicht (Staub ist

doch da, und Staub umgibt uns. Ich
höre ihn, den Putz, die Borsten kratzen, und
weiter unten bellt

der Hund), Staub ist nicht Haare, wenn ein
Dachshund wieder still ist, Staub ist nicht
Schuppen toter Haut, wenn jemand seine Läden
mit der Ferse schließen will, ist auch nicht
Trockenlaub und Lehm, wenn sich davon nichts
mehr erkennen läßt. Was ist das, frage ich dich
manchmal, wenn ich die Staubwolke, den Schatten
sehe, über die Wäscheleinen, den Kamin und
dann, noch immer Schatten, über die Antennen
hin. Staub ist im Blauen, Luft, und meine
Frage, Staub in den Himmel, bis es dunkel ist.

Elisabeth Borchers

Nerudas Blau

Das Blau war außer sich vor Freude
Als wir geboren wurden.
Denn zuerst war das Licht
Dann folgte das Blau
Dann folgte der Mensch
Und das Blau erfand ein paar Maler
Und dann und wann einen Dichter dazu.

Erika Burkart

Sternbild

Ins Offne geschleudert,
hinausgestellt,
ohne Bezug zu uns,
doch ein Zeichen
unsern sterblichen Augen,
die das Unsterbliche
weiterreichen.

Friedrich Christian Delius

In offner Halle
essen, hocken und liegen.
Die Erde wird leicht.
Für zehn Minuten Mönch, schon
tragen die Wolken das Dach.

Fritz Deppert

Neunundneunzig Namen

Ich erfinde
neunundneunzig Namen für Hoffnung,
ich nenne sie
Stuhl, Tisch, Bett,
Brot, Kaffee, Wein,
Regen, Sonne, Gewitter,
Schmerz, Gesundheit,
Liebe, Schlaf, Vogel, Baum, Kind.
Ich erfinde neunundneunzig Namen
für Menschlichkeit dazu
und notiere sie
in meinem Taschenkalender.
Am Jahresende übertrage ich sie:
Elfter Januar,
Verteuerung der Grundnahrungsmittel
löscht nicht die Erinnerung
an die Geste des Brotbrechens;
Zwölfter April,
Militärdiktatur
verhindert nicht das Gewitter,
das die Luft über der Stadt
reinigt;
Dreizehnter Oktober,
Folter
tilgt nicht den Geschmack
eines Kusses von den Lippen.
Hoffnung, Menschlichkeit:

Hunger und Angst und Gewalt
werden
in das Museum für untergegangene Wörter
gehören.

Marcel Diel

in die cafés verlaufen vor hitze

fliehende menschen suche nach
provinz schatten der bäume
schatten des kirchturms
hoher läutender backstein rauschend
geräusch und farbe im frühen
abend durch grüngelbe dächer
am kaiserplatz neben dem mahnmal
picken die tauben verstreut die menschen
die zeitlos schönen menschen der stadt

wahlplakate die künder der zukunft
es kommt wieder aufstieg
es kommt konjunktur
es kommt wieder herbst
ich wechsle die farbe ich wechsle
den blick das aussehn ich
bin ein baum ich spende
schatten ich bin ein schirm
ich schütze vor sonne ich bin
die bank der tisch nimm platz

die menschen sind kühl wie luft
bewegend als wind sich durch mich
hindurch bewegen sie mich
muss ich aufstehn muss weiter
ich komme wieder
ich komme nicht wieder
glocken stopfen die stille
machen sie satt

Ulrike Draesner

pfingstmikrophon

meine sprache in der verzerrung
daß ich nur laute wie zahnreiben
höre von affrikaten zischende spiranten
ist es ein haus oder zelten unter steinplatten?
eine knochenlege ist es zu osten daß meine
sprache daß ich hörend nichts verstehe vom
fernverzerrten priestermund das mikro-
phon von heiligen worten ein ohrschwappen
wird ein anfluten neurotransmittiert
(gehirnplatine) da werde ich gewellt
in buchstabenschmelzen vorbeifließende
zisch- reibe- in hauchlauten die mich
zerfunkende sprache daß ich endlich
höre ich von fern den reinen klang worin
ich schwimme mein körperzelt sprachmaterial
fundus und findling ich in meinem,
im loden, im dornenbusch.

Werner Dürrson

Christliche Gegend

Die Planierraupe kam
bis zum Steinkreuz

Feierabend
dachte der Fahrer
und bremste

vorwärts
rief der Bauunternehmer

vonwegen die Erde sich
untertan machen:

wer kommt da
wem in die Quere

Hans Magnus Enzensberger

Immer kleiner werdende Unterhaltungen

»Wohl dem, der nicht wandelt
im Rat der Gottlosen ...«
Man wechselt taktvoll das Thema.

»Der Sinn des Lebens ...«
Peinlicher Ausrutscher!

»Alle Verhältnisse gilt es umzuwerfen,
in denen der Mensch
ein erniedrigtes Wesen ist ...«
Alles gähnt, geniert sich, lacht.

Dagegen Genome nach Maß,
Unsterblichkeit auf der Festplatte –
O Wissenschaft! Ecstasy! Euthanasie!

Manchmal ist man froh,
dass manche der Ewiggestrigen
unter den Jüngeren
noch ein paar Fragen haben.

Ludwig Fels

Stilles Gedicht II

Der Himmel spannt sich heute und man glaubt
daß Gott ein Herz hat. Es ist
ein wunderschöner Tag. Montag. In den Fabriken
stellt man Wolken her, wünscht Regen, Hagel
der es leichter macht, den Tag zu dulden.
Fremde, blaue Vögel weit oben
stoßen durch den Gesang der Winde
so lockend klingt er
daß das Blut aus den Blumen tritt.
Ein Wind spielt mit der Erde
ein warmer, würziger Wind
der den Mund füllt, satt macht und trunken.
Und der Himmel zieht über die Welt.
In den Fabriken ist Montag.
Aber draußen und das ist nicht überall
spannt sich der Himmel, rollt
die Sonne vor sich her
und es reizt, an ein besseres Leben zu denken.
Es ist schön, unter diesem Himmel zu gehn
bis in den Schlaf. Maschinen
stehn im Freien, tot. Die Nacht
wird Regen bringen.

Erich Fried

Weltfremd
für Helmut Gollwitzer

Wer denkt
daß die Feindesliebe
unpraktisch ist
der bedenkt nicht
die praktischen
Folgen
der Folgen
des Feindeshasses

Gerhard Fritsch

Wien, Churhausgasse zum Dom hin

Grau vom Tang
der Regenzeit Geschichte
sind die Mauern des Kanals,
durch den die Stunden und die Jahre rinnen.
Eine Gasse? – Ein Kanal mit toten Wänden,
aus deren Fenstergalerien manchmal jemand sieht
hinunter auf das schmale Rinnsal Heute
von einem Schlachthaus in das nächste,
sieht und zusieht und betrachtet,
traurig wie Betrachten macht.

Unten aber, wo wir rinnen
von einer Niederlage in die nächste
im grauen Schacht der Dämmerung,
reißt uns noch immer eine alte Ahnung
steil den Blick nach oben –
er bleibt nicht hängen
an den Mauern des Kanals,
aus denen stumm die Köpfe blicken,
er stürmt die hohe Himmelshelle
zwischen Dach und Dach
und sieht das Wunder wachsen
in die Fülle Licht,
Stein auf Stein
sich jubelnd überwindend
aus der Tiefe aller Totenkeller,
aus den dumpfen Kammern der Verzichte,
aus den Lagerräumen des Versagens,
aus den Gewölben Lüge, Traum und Wahn
baut sich der Turm des Domes,

die Schlangen und die Spinnen und die Asseln
machtlos in der Erde lassend,
in das Gold und Rot der Abende,
die, unerreichbar Geld und Fahnen,
Freiheit lohen über jeder Stadt.

Turm des Domes,
wir spüren noch dein Ziel,
Türme aller Dome
in die Himmel unserer Welt,
unsre Augen brennen noch nach oben,
und die Schwalben
euch umkreisend
wissen noch
um
Gottes Herz.

Günter Bruno Fuchs

Seltsame Ortschaft

Wenn du den Eingang Tor nennen willst,
gut, dann sage also: Hier am Tor
steht ein Wächter.

Wenn du genau hinsiehst, vielleicht
erkennst du ihn dann: er hat keine
Null-Acht in der Tasche. Sein Haar
ist länger als du das Haar zu tragen
gewohnt bist.

Wenn du kommst und deine Panzerarmee
mitbringst, wenn du ultimativ
die lächelnde Stadt forderst, sich
zu ergeben, oder nach vollem Beschuß
das Standrecht verhängst: nicht einen Stein
der lächelnden Stadt
wirst du berühren, nicht ein Lied
ihrer Dichter wirst du verbieten, nicht ein
Konzentrationslager
wird dir in ihrer Nähe gelingen.

Wenn du den Wächter zum
zweihunderttausendstenmal
an die Wand stellst – sage, was nützt das?
Sage, was windest du Dornen?
Sage, was soll deine Waffe?

Da er doch aufsteht, da er doch,
zweihunderttausendnarbig, die seltsame
Ortschaft nicht freigibt –:

dir den Eingang augenblicklich
noch auftut,
wenn du als Mensch kommst.

Dieter M. Gräf

Kreuz, Ritter, Töne

Kniefall?,
das weg

gepackte Kreuz,
der störende

Querbalken;
den Rest zu

spitzen, so
dass ein Speer – –

Uwe Grüning

Epiphanias

Die Winterbleibe:
Muschel und Ammonshorn
und das Geläut vieler Fröste.

Eine Hand stellt die Könige
zu Epiphanias nah an die Krippe.

Mandala, leuchtender Kreis!
Er ist wie der Kalkstein,
der in der Mauertiefe
noch die Wärme des Sommers trägt.

Gegen Morgen ein magisches Weiß
und hinter den Straßenristen
die dunklen Spuren der Hirten.

Peter Hamm

Das Senfkorn

Vaterkörper und Muttersprache in eins –
gibt es ein Gleichgewicht?

Weshalb ich zum Namen meiner Feinde
auch meinen eigenen schreibe?
Weil ich der Schwerkraft gehorche –
die gewöhnlichste Sünde.

Als ich sprechen wollte für alle
und nicht sprechen konnte für mich.
Als die Sprache sich weigerte,
Totenwache zu halten für den Anspruch
dieses Körpers.

Als das Senfkorn noch nicht
aufgegangen war –

Als noch Leere war, der Raum,
den die Gnade gern hat.

Rolf Haufs

Brief

Schnattern nein ist nicht mein Fall
Dann lieber doch in Ecken hausen
Wo Hexen krumm mir Rechnung schreiben

Ab ins Maar. Kein Gedanke mehr
Dem Kopf zur Last. Entkommen längst sind
Alle Einzelheiten. Schmuck und Grüntopf

Obstverkäufer. Und Saft Gemisch aus
Haut und heftiger Erregung.
Daß dir der Himmel wohl

Mag ich vielleicht noch wünschen
Doch kalt ist's gerade da
Wo unsre Erde lockt ins Paradies.

Gerd Henninger

Irdische Frühe

Vor Traumkristallen starrt mein Haus. Vertan die Augen, genagelt alle Finger an die Nacht. Doch dieser Leib aus Stein, wie speist er das Feuer, das in ihm singt?

Himmel, mit dem Wind fuhrst du nieder. Wurzeln, durch meine Sohlen hindurch klettert euer Blut. Und ein Fenster erwacht in der Brust.

Marie Luise Kaschnitz

Auferstehung

Manchmal stehen wir auf
Stehen wir zur Auferstehung auf
Mitten am Tage
Mit unserem lebendigen Haar
Mit unserer atmenden Haut.

Nur das Gewohnte ist um uns,
Keine Fata Morgana von Palmen
Mit weidenden Löwen
Und sanften Wölfen.

Die Weckuhren hören nicht auf zu ticken
Ihre Leuchtzeiger löschen nicht aus.

Und dennoch leicht
Und dennoch unverwundbar
Geordnet in geheimnisvolle Ordnung
Vorweggenommen in ein Haus aus Licht.

Günter Kunert

Vergeßlichkeit

Zeit löscht die Namen
im Hirn. Wie bloß hieß
der letzte byzantinische Kaiser? Und
der erste Generalsekretär?
Mnemosyne, du Ungetreue,
hast mich verlassen. Und
deine Aussteuer mitgenommen.
Wen bitte ich um Hilfe, wenn ich
keinen mehr kenne?
Astaroth, Salazar, Timoschenko,
Nikolaus, Wendelin, Blasius –
mißlungenes Andocken der Rezeptoren,
Abfall aus Zelleiweiß.

Gestatten Sie, daß ich
mich vorstelle? Ich bin,
wer ich war, und bin schon
gewesen.

Frank Milautzcki

MON DIEU der persönliche
Gott. Ein Sitzplatz
im klapprigen Bus durchs Gebirge. Eine Feldflasche
voll Wasser, das nicht endet. Ich brauche ihn nicht.
Ich habe ihn weggejagt. Zum Teufel. Hinter die Wüste
geschickt. Mein Gott war ich froh
    den los zu sein. Mein Gott!

Dirk von Petersdorff

Die Zukunft beginnt

wie auf Raffaels *Madonna*:
Am unteren Bildrand lehnen
die Engel – nächste Generation.
Die müssen fast gähnen,

der Zauber ist alt,
ein Lächeln wächst
auf den Lippen, und bald –
was wissen die Engel?

Den Kopf in der Hand,
schon nicht mehr ganz da
am unteren Rand
ein trostreiches Paar.

Heinz Piontek

Freies Geleit

Da wird ein Ufer
zurückbleiben.
Oder das End eines
Feldwegs.

Noch über letzte Lichter hinaus
wird es gehen.

Aufhalten darf uns
niemand und nichts!

Da wird sein
unser Mund
voll Lachens –

Die Seele
reiseklar –

Das All
nur eine schmale
Tür,

angelweit offen –

Johannes Poethen

Mein gott was für ein staub

Mein gott was für ein staub
wenn du über die horizonte streichst
bist du ganz grau

und dieser schmutz von außerhalb
der dreck den wir nach drüben warfen

das fällt alles
auf uns zurück
kübel um kübel

mein gott wer hilft uns reinemachen
wer fängt denn an mit dem hausputz

stehn wir doch mal auf und kehren
geht doch mal sauberes wasser holen
laß doch mal einer frische luft herein

gleich ist es null uhr.

Jürgen Rausch

Stadt zwischen den Zeiten

Schornsteine – gelber Salut
in den klassischen Mittag.
Giftige Wolken
verwesen im Blau.
Halden finstren Gesteins
ersticken das Tal,
das Tal der Vergangenheit –
vorwärts!

Im Kloster,
heute Hotel ohne Gäste,
der letzte der Brüder.
Sein Bart,
ein silberner Keil,
spaltet die Brust,
seine Schritte
entwerfen im Ohr
Gewölbe aus Leere.

Es klappern hölzern die Palmen.

Blindfassende am Dom –
Déclamateur:
barock gerungene Hände,
Faltenwurf ohne Wind,
redselige Blicke ins Jenseits –
auf hiesiger Mauer
schwarz
der Zeitkommentar:
Menetekel Hammer und Sichel.

Aber noch betet
ein einsamer Mönch im Hotel.
Weizen,
der Weltalter lang
neben Mumien lag,
ging auf.
Das weiße Korn
der gefalteten Hände
könnte noch keimen.

Friederike Roth

Groß geblieben ist meine Sehnsucht nach Leuchtendem.
Man will sie mir aber nehmen.
Man erzählt mir von den Übeln der Welt, als wäre das ein
Beweis.
Ich werde stumm.
Längst bin ich weggeflogen auf Leuchtendes zu.
Aber im Zentrum des Leuchtenden
war natürlich die schwarze
die sternlose Nacht.
Und doch ist die Sehnsucht geblieben.

Ralf Rothmann

Engel des Abgrunds

In den weißen Augen einer Winterstunde,
fahl vor Angst und ohne Mantel: Ich ging aufrecht,
doch der Stolz klirrte wie Lufteis unter den Sohlen.
Ausgehöhlt von meinem Unglauben, war ich hoffnungsvoll
gegen Honorar und halb verrückt vor Sehnsucht nach
Wahrhaftigkeit, einem einzigen Wort, das mich in die
Sterne reißt. Aber ich dachte ernsthaft, Glück ist eine
Frage der Politur, und vergeudete viel Kraft damit,
mich durch den Flaschenhals zu zwängen. Nun ist es
vorbei. Nun habe ich keine Zähne mehr im Mund,
um glaubhaft zu lachen über mein ewiges Zu spät.

Vergib mir. Ich wußte nicht, wie einfach alles ist.
Ich wußte nicht, daß Gott uns meint und wir
ihn erhören, wenn wir uns lieben, die Schrift
erfüllen und Zeichen setzen mit unseren Körpern.
Ich wußte nicht, daß er uns anfleht mit jedem
Rosenblatt und ein einziges kleines Ja
das Weltall im Gleichgewicht hält. – Ein Toter längst
stehe ich auf meinem Grab und suche nach
Sternbildern in der Nacht. Doch es schneit.
Als fielen mir Splitter des Lichts ins Gesicht,
das mir einst liebend die Farbe gab.

Peter Rühmkorf

Noch einmal Einmal noch

Noch einmal Blätterwirbel, roter, gelber, güldner,
der Beter löst die Hände zum Applaus:
Verehrter Herbst, erhabner Maskenbildner,
einmal noch über das Vorhandene hinaus.

Als hieße Abschied nochmal Neubeginnen
(D i e Wendung geht mir nach und steht mir nah)
Dem Lebewohl paar letzte Farben abgewinnen,
die man noch nie so sah.

Laub löst sich leis, wie still die Lärche nadelt,
von Osten her nimmt Abend überhand –
Da, schau, ein blondes Blatt kommt angeradelt,
gefährlich auf dem Rand.

Gib deinem Affen Zucker, Tukan Pfeffer,
pfeif jedem bunten Vogel, dem du gleichst –
Mehr hast du nie gewollt,
die Welt als Zufallstreffer.
Hauptsache, daß du ihm nicht aus der Flugbahn weichst.

Was dir zuteil wird, widerfährt nicht allen.
Wie auch nicht jedem schmeckt, was dir beliebt:
Ich bin ein Mann, der sich ergibt,
und täglich neu bereit, in Täuschung zu verfallen:
ein Blatt vom Lebensbaum,
halb fahl, halb golddurchsiebt.

Christian Saalberg

Die Kanonen von Sewastopol VIII

Die Erde ist also eine Scheibe, die aus Altersgründen
        schon so morsch und schief in den Trossen hängt, daß
Sie umzukippen droht.

Wenn man nicht aufpaßt, kann man schnell ausrutschen
        und hinunterfallen.
Vielleicht landen wir mit ein wenig Glück im braunen
        Haar der BERENICE, ein himmlischer Balkon und ein
Guter Aussichtspunkt für das Feuerwerk, das furiose
        Fest, mit dem die Erde von ihren Geschwistern
Abschied nimmt.

Das Weltall hakt sie ab, ein Planet weniger, weniger als
        ein Staubkorn.

Der letzte Funke, der nicht verglühen will, ist die
        Liebe, die nicht gehen will.

Ulrich Schacht

Vom Menschensohn

Trifft mich die Rede
des Mannes trifft mich kein
eitles Gerede: Einen Wortweg
geh ich, ihm nach, in
Sprachlosigkeit –

Sag ja aber
sag es dem andren Weis
ab was dich anweist Sag
nein! Irgendwo
im Schatten von
Säulen Tribünen eine
ganze Sekunde

lang geben wir zu was
nicht zumutbar ist: Diese
Lust ihn leben zu
lassen. Diese

Last.

Rainer Schedlinski

(in gottes namen)

in der sprache der väter sagst du
du hasst die schule
und den vater mit der stimme
der lehrerin sagst du die gedichte her

in gottes namen bist du
labyrinthtrainiert und
nibelungentreu der welt, kind
dir sind mit worten die augen gefüllt

alle hundert herzfiguren
kennst du schon aus dem effeff
und das lächeln der auguren
ist das letzte gottversteck

Robert Schindel

Reisevermerk 22

(Dem Jonas)

1

Am Montparnasse
Im Odessa gestern
Im kalten Feber vier
Umzingelt von der Bar Mitzwa
Der Familien Lustiger und Moses, selbst
Der Kardinal war vorhin in der Synagoge
Der Gebetsmantel hing
An meinem Leib diese
Melancholische Fahne
Nun hier
An der place d'Odessa
Fegt der Wind die Tränen vom Gesicht

2

Dass wir noch da sind
Dass etwas da ist im kalten
Feber vier Bar Mitzwa Jonas
Heute im Lutetia
Die Juden tanzen
Wie seit tausend Jahr
Zweitausend gar

Albert von Schirnding

Übers Wasser

Auf meinen Schultern
trag ich dich
übers Wasser
Anfangs
spürte ich dich kaum
Das Ufer
rückt ferner
Trag du mich jetzt

René Schwachhofer

Vision bei Kaunas

Kirche. Andacht.
Das kleine Dorf
Bei Kaunas.
Stimme über
Den Feldern. Das Kreuz
Am Himmel.

Dorothee Sölle

Transzendenz

Und was fragen sie mich immer wieder
ist diese transzendenz von der sie da reden
und wann frage ich gern zurück
haben sie denn zuletzt gewartet
auf etwas das mehr ist als menschen kaputtkriegen können
und wer frage ich gern zurück
hat denn die frage nötig außer denen die keine luft kriegen
und wohin fragen sie mich immer wieder
wollen sie eigentlich wenn es schon vor dem tode sein soll
und wieso frage ich gern zurück
können sie sich das nicht einmal vorstellen das leben

Und was frage ich sie immer wieder
ist diese apartheid deren sie sich erfreuen
und wann fragen sie gern zurück
ist es denn jemals anders gewesen
und wer fragen sie gern zurück
würde es denn nicht so machen
wenn er nur könnte in afrika und in der ganzen welt
und was frage ich sie immer wieder
wollen sie denn mit der transzendenz in der freizeit
wenn den ganzen tag nur das afrikaans der unterdrücker ertönt
und was fragen sie gern zurück
hat es denn mit uns zu tun außer ökonomisch

Und wann frag ich mich ist denn klar genug geworden
daß es da keine dritten wege gibt
zwischen apartheid und transzendenz

Eva Strittmatter

Petschora-Höhlenkloster

Petschora – zuerst ist das Erdbeerrot.
Ein Wort, das knarrt, und dann die Höhlengänge …
Verwandelt sich hier der berüchtigte Tod
Noch immer in Weihrauch und sanfte Gesänge?
Geordnete Wirtschaft. Man siehts an den Wegen.
Und frisch gekalkt ist das weiße Gemäuer.
Eisgraue Weiblein beim Harken und Fegen:
Der Segen der Mönche ist ihnen teuer.
Die alten Klänge aus alten Farben:
Weiß, blau und gold und das Erdbeerrot.
Grün alten Kupfers. Die glaubenslos starben,
Starben auch einen farblosen Tod …
Keine Visionen vom Paradies,
Das, irdisch erschaut, *so* aussehn müßte:
Freude aus Farben. Der *Heiland* verhieß
Jenseits des Zeitmeers blühende Küste …
Stille geht ein und aus trotz der Leute,
Die um den *Guide*, ihren Leithammel, rammeln
Und die touristische Augenbeute,
Als Beweis ihres *Hierseins*, in Kameras sammeln …
Die Mönche malen nach *Pskower Schule*
Ikonen, die *fast* wie alte aussehen:
Der *Himmlische* schwebt auf dem Wolkenstuhle,
Während auf Erden *Dinge* geschehen …
Die keiner versteht. Nur gemalt zu ertragen:
Ganz kleine Krieger auf ganz kleinen Pferden
Reiten in Schlachten, ohne zu fragen …
Menschliche Hirten mit menschlichen Herden …
Die Massen gestaltlos: Woge im Meer.
Die Schädel als Wellenbewegung darüber.

Etwas Vergangenes reicht zu uns her …
Und etwas von uns reicht ins Finstre hinüber …
Aber die Lilien, die violett dunkeln!
Irdische Weisheit: verwandelter Sand.
Auf dem noch des Maimorgens Frostspuren funkeln:
Das Vergänglichste hält der Vergänglichkeit stand.

Christian Uetz

Passion ist das Wort,
welches die Neurosen heilt in das Wort Passion.
Passion ist das Wort,
welches das Wort Krankheit und Verstörtheit
und Lächerlichkeit und Peinlichkeit und Obsession erlöst
in das Wort Passion.

Passion ist das Wort,
in welchem das Wort Passion wird.

Gabriele Wohmann

Mondfahrt

Abends wenn ich böse war
Brauche ich die Engelschar
Ganz besonders dringend
Wie im Märchen, singend
Sitze ich im Dunkeln
Alle Sterne funkeln
Zwei und zwei sind vier
Engel sind bei mir.

*

Abends wenn ich traurig bin
Schau ich dort zum Himmel hin
Kann denen dann erzählen
Wie mich alle quälen.

*

Meine Opernreise
›Mondfahrt‹ sing ich leise
Soll mich keiner hören
Leute kann man stören
Meine Engel nicht
In dem blauen Licht.

*

Abends kann ich sehen
Übers Wasser gehen
Über Wolken reiten
Bis zum Mond hin gleiten

*

Abends wenn ich schlafen soll
Bin ich noch ganz kummervoll
Will in meinen Kissen
Daß die Engel wissen
Wie es dazu kam:
Zorn und Schimpfen, Scham.

*

Eltern und die Lehrerin
Wissen nicht wo ich jetzt bin
Abends nie zu kriegen!
Scheint als könnt ich fliegen!
Und nach so viel Strafen
Schrecklich glücklich schlafen.

Ria Zenker

In Memoriam

Die Sterne fahren übers Haus
Vater im Schlaf sieht feldgrau aus

Kind warmes weiches träumst du schon –
es war einmal ein Judensohn
und Kreuz und Gas

Am Himmel fährt
der große Wagen unversehrt.

Anhang

Autoren- und Quellenverzeichnis

Die in diesem Verzeichnis in Klammer gesetzten Seitenangaben geben an, auf welcher Seite in dieser Anthologie das entsprechende Gedicht zu finden ist.

Aichinger, Ilse (∗ 1921):
Winterantwort (S. 44) und *Zwei Orte, zusammengelegt* (S. 172). In: Verschenkter Rat. Gedichte. © S. Fischer Verlag GmbH, Frankfurt a. M. 1978.

Aigner, Christoph Wilhelm (∗ 1954):
Der Himmel im Grund (S. 209). In: Vom Schwimmen im Glück. © Deutsche Verlags-anstalt München in der Verlagsgruppe Random House GmbH, 2001.

–,– *Sehr beeindruckt* (S. 143) und *Weshalb anklagen?* (S. 69). In: Landsolo. 2. Auflage. Otto Müller Verlag, Salzburg 1993. © Christoph Wilhelm Aigner, Salzburg.

Arendt, Erich (∗ 1903 / † 1984):
ich atme ja noch (S. 210). In: entgrenzen. © Insel Verlag GmbH, Frankfurt a. M. und Leipzig 1983.

Arp, Hans (∗ 1887 / † 1966):
Ihr dummen kleinen Tage (S. 64). In: Gesammelte Gedichte III. Gedichte 1957–1966, hrsg. von Aimée Bleikasten. © Arche Literatur Verlag AG, Zürich und Hamburg 1984, 2005.

Artmann, H. C. (∗ 1921 / † 2000):
geh hinaus (S. 269). In: Register der Sommermonde und Wintersonnen. © Residenz Verlag, Salzburg und Wien 1994.

Astel, Arnfried (∗ 1933):
›Dem lebendigen Geist‹ (S. 211). In: Notstand. © Peter Hammer Verlag, Wuppertal 1968.

Atabay, Cyrus (∗ 1929 / † 1996):
Ein Tatar lächelte sogar (S. 270) und *Es ist das Blau* (S. 147). In: Das Auftauchen an einem anderen Ort. Gedichte. © Insel Verlag GmbH, Frankfurt a. M. und Leipzig 1977.

Augustin, Hans (∗ 1949):
Da kam einer (S. 212). In: Wären die Wände zwischen uns aus Glas. Jüdische Lyrik aus Österreich. © Verlag Der Apfel, Wien 1992.

Ausländer, Rose (∗ 1901 / † 1988):
Wann ziehn wir ein (S. 66). In: Hügel aus Äther unwiderruflich. Gedichte und Prosa 1966–1976. © S. Fischer Verlag GmbH, Frankfurt a. M. 1984.

–,– *In dir* (S. 148). In: Wieder ein Tag aus Glut und Wind. Gedichte 1980–1982. © S. Fischer Verlag GmbH, Frankfurt a. M. 1986.

–,– *Als wäre* (S. 310). In: Ich höre das Herz des Oleanders. Gedichte 1977–1979. © S. Fischer Verlag GmbH, Frankfurt a. M. 1984.

Bachmann, Ingeborg (✻ 1926 / † 1973):
Und ausgestoßen (S. 146). In: Ein Monolog des Fürsten Myschkin zu der Ballettpantomime »Der Idiot«. © Mit Genehmigung der Schott Music GmbH & Co. KG, Mainz 1995.
–,– *Nach dieser Sintflut* (S. 173) und *Schranken* (S. 65). In: Werke, Band 1: Gedichte, hrsg. von Christine Koschel u. a. © Piper Verlag GmbH, München 1978.
Bächler, Wolfgang (✻ 1925):
Für Peter Huchel (S. 75) und *Erwartung* (S. 271). In: Nachtleben. © S. Fischer Verlag GmbH, Frankfurt a. M. 1982.
Bastian, Heiner (✻ 1942):
begonnene beobachtung (S. 311). In: beobachtungen im luftmeer. Carl Hanser Verlag, München 1968. © Heiner Bastian.
Baumhauer, Peter (✻ 1931):
Mitten im wort (S. 74) und *Noch einmal* (S. 312). In: Am Ufer des Zeitlands. © Carl Johannes Verlag Einsiedeln, Freiburg i. B. 1985.
Becker, Jürgen (✻ 1932):
Dezember-Gedicht (S. 155). In: Das Ende der Landschaftsmalerei. © Suhrkamp Verlag, Frankfurt a. M. 1974.
Becker, Uli (✻ 1953):
Klar kommt der Knochenmann (S. 313). In: United Colours of Buxtehude. Faber & Faber Verlag, Leipzig 1996. © Uli Becker.
Behaim, Marthe (✻ 1944):
Pappel (S. 174). In: Litfass 44. Zeitschrift für Literatur. R. Piper & Co. Verlag, München 1988. © Marthe Behaim.
Beier, Peter (✻ 1934 / † 1996):
Vor acht (S. 272). In: Rufe. Religiöse Lyrik der Gegenwart 2. Gütersloher Verlagshaus Gerd Mohn, Gütersloh 1981. © Peter Beier.
Beil, Ulrich Johannes (✻ 1957):
Ufer (S. 214). In: Dieser Tag geht. © Schneekluth Verlag GmbH, München 1985.
Benyoëtz, Elazar (✻ 1937):
Der Mensch – ein Wort (S. 314) und *Worte spinnen und zerreißen* (S. 68). In: Die Zukunft sitzt uns im Nacken. © Carl Hanser Verlag, München 2000.
–,– *Offenbarung ist keine Aufklärung* (S. 120). In: Finden macht das Suchen leichter. © Carl Hanser Verlag, München 2004.
Beyer, Marcel (✻ 1965):
Staub (S. 315). In: Erdkunde. © DuMont Literatur und Kunst Verlag, Köln 2002.
Bienek, Horst (✻ 1930 / † 1990):
Unerwartete Gäste (S. 215) und *Wörter* (S. 73). In: Wer antwortet wem. Gedichte. Mit einem Nachwort von Tilman Urbach. © Carl Hanser Verlag, München 1991.
Block, Detlev (✻ 1934):
Kleinostern (S. 216) und *Trost am Abend* (S. 144). In: Lichtwechsel. © Vandenhoeck & Ruprecht GmbH & Co. KG, Göttingen 1999.
Bobrowski, Johannes (✻ 1917 / † 1965):
Das Wort Mensch (S. 150), *Nänie* (S. 217) und *Sprache* (S. 77). In: Gesammelte Werke in sechs Bänden, erster Band. © Deutsche Verlagsanstalt München in der Verlagsgruppe Random House GmbH, 1998.

Borchers, Elisabeth (∗ 1926):
Optische Zivilisation (S. 71) und *Nerudas Blau* (S. 316). In: Was ist die Antwort. © Suhrkamp Verlag, Frankfurt a. M. 1998.
–,– *Neuer Tag* (S. 142). In: Von der Grammatik des heutigen Tages. © Suhrkamp Verlag, Frankfurt a. M. 1992.
Born, Nicolas (∗ 1937 / † 1979):
SF-Poem (S. 60). In: Gedichte, hrsg. von Katharina Born. © Wallstein Verlag, Göttingen 2004.
Borowsky, Kay (∗ 1943):
Der richtige Wanderer (S. 72). In: WortWege. © Wortberg-Verlag, Dettenhausen 1995.
Bossert, Rolf (∗ 1952 / † 1986):
Weihnachten 1984 (S. 158). In: Ich steh auf den Treppen des Winds. Gesammelte Gedichte 1972–1985, hrsg. von Gerhardt Csejka. © Schöffling & Co. Verlagsbuchhandlung GmbH, Frankfurt a. M. 2006.
Brambach, Rainer (∗ 1917 / † 1983):
Vormittag (S. 218). In: Gesammelte Gedichte. © Diogenes Verlag AG, Zürich 2003.
Brechbühl, Beat (∗ 1939):
Unikum (S. 159). In: Der geschlagene Hund pisst an die Säulen des Tempels. Alte und neue Gedichte. Benzinger Verlag, Zürich 1972. © Beat Brechbühl.
Brecht, Bertolt (∗ 1898 / † 1956):
Tagesanbruch (S. 219). In: Die Gedichte. © Suhrkamp Verlag, Frankfurt a. M. 1981.
Brendler, Barbara (∗ 1919):
Neues Stundengebet (S. 220). In: Gedichte. Privatdruck, München 1994. © Barbara Brendler.
Brinkmann, Rolf Dieter (∗ 1940 / † 1975):
Schnee (S. 274). In: Standphotos. Gedichte 1962–1970. © Rowohlt Verlag GmbH, Reinbek bei Hamburg 1980.
Bulla, Hans Georg (∗ 1949):
Nachtgarten (S. 275). In: Nachtgeviert. © Postskriptum Verlagsgesellschaft mbH, Hannover 1997.
Burkart, Erika (∗ 1922):
Sternbild (S. 317). In: Schweigeminute. Artemis Verlag, Zürich 1988. © Ammann Verlag, Zürich.
Buselmeier, Michael (∗ 1938):
Eine Poetik (S. 42). In: Erdunter. © Verlag Das Wunderhorn, Heidelberg 1992.
Busta, Christine (∗ 1915 / † 1987):
Biblische Kindheit (S. 221). In: Die Scheune der Vögel. 3. Auflage. © Otto Müller Verlag, Salzburg 1995.
–,– *Lang ist das Licht unterwegs* (S. 70). In: Unterwegs zu älteren Feuern. 3. Auflage. © Otto Müller Verlag, Salzburg 1995.
Celan, Paul (∗ 1920 / † 1970):
Fadensonnen (S. 37). In: Die Gedichte, hrsg. von Barbara Wiedemann. © Suhrkamp Verlag, Frankfurt a. M. 2003.
–,– *Spät und tief* (S. 160). In: Mohn und Gedächtnis. © Deutsche Verlags-Anstalt München in der Verlagsgruppe Random House GmbH, 1952.

Cohn, Hans W. (∗ 1916 / † 2004):
Neujahr (S. 276). In: Mit allen fünf Sinnen. © Edition Memoria Thomas B. Schumann, Hürth bei Köln 1994.

Czechowski, Heinz (∗ 1935):
Credo (S. 222). In: Ich, beispielsweise. Mitteldeutscher Verlag, Halle 1986. © Heinz Czechowski.

Delius, Friedrich Christian (∗ 1943):
In offner Halle (S. 318). In: Japanische Rolltreppen. Tanka-Gedichte. © Rowohlt Verlag GmbH, Reinbek bei Hamburg 1989.

Deppert, Fritz (∗ 1932):
Neunundneunzig Namen (S. 319). In: Rufe. Religiöse Lyrik der Gegenwart 2. Gütersloher Verlagshaus Gerd Mohn, Gütersloh 1981. © Fritz Deppert.

Diel, Marcel (∗ 1975):
in die cafés verlaufen vor hitze (S. 321). In: Lyrik von Jetzt. DuMont Literatur und Kunst Verlag, Köln 2003. © Marcel Diel.

Dischereit, Esther (∗ 1952):
Jüdische Renaissance I–III (S. 224, 225 und 119). (*Jüdische Renaissance III*, 4. Strophe: »Will *meine Glauben* / wieder haben«, so im Original.) In: als mir mein golem öffnete. © Verlag Karl Stutz, Passau 1996.

Domin, Hilde (∗ 1909 / † 2006):
Genesis (S. 94). In: Der Baum blüht trotzdem. © S. Fischer Verlag GmbH, Frankfurt a. M. 1999.

–,– *Sehnsucht* (S. 141) und *Bitte* (S. 226). In: Gesammelte Gedichte. © S. Fischer Verlag GmbH, Frankfurt a. M. 1987.

Draesner, Ulrike (∗ 1962):
pfingstmikrophon (S. 322). In: gedächtnisschleifen. Suhrkamp Verlag, Frankfurt a. M. 1995. © Ulrike Draesner.

Drawert, Kurt (∗ 1956):
Projektion (S. 140). In: Zweite Inventur. Gedichte. © Aufbau Verlagsgruppe GmbH, Berlin 1987.

Dürrson, Werner (∗ 1932):
Christliche Gegend (S. 323), *Sprache* (S. 76) und *Was ist* (S. 139). In: Beschattung. Gedichte. Band 2. Elster-Verlag, Bühl-Moos 1992. © Werner Dürrson.

Edvardson, Cordelia (∗ 1929):
Dies ist meine Welt (S. 138) und *Ich weiß, die Liebe lebt* (S. 227). In: Jerusalems Lächeln. Gedichte. Aus dem Schwedischen von Anna-Liese Kornitzky. © Carl Hanser Verlag, München 1993.

Egger, Rosemarie (∗ 1938):
nach meinem tod (S. 277). In: Stimmen vor Tag. Anthologie moderner religiöser Lyrik. Siebenstern Taschenbuch Verlag, München und Hamburg 1965. © Rosemarie Egger.

Ehrismann, Albert (∗ 1908 / † 1998):
Orangen (S. 228). In: Die Gedichte des Pessimisten und Moralisten. © Verlag Nebelspalter, Rorschach 1972.

Eich, Günter (∗ 1907 / † 1972):
Schuttablage (S. 175). In: Botschaften des Regens. © Suhrkamp Verlag, Frankfurt a. M. 1955.

Endler, Adolf (✻ 1930):
Elegie (S. 162). In: Der Pudding der Apokalypse. Gedichte 1963–1998. © Suhrkamp Verlag, Frankfurt a. M. 1999.
Enzensberger, Hans Magnus (✻ 1929):
Immer kleiner werdende Unterhaltungen (S. 324). In: Die Geschichte der Wolken. © Suhrkamp Verlag, Frankfurt a. M. 2003.
–,– *Nimbus* (S. 49). In: Kiosk. Neue Gedichte. © Suhrkamp Verlag, Frankfurt a. M. 1995.
Exner, Richard (✻ 1929):
Berührungen (S. 230). In: Fast ein Gespräch. © Schneekluth Verlag GmbH, München 1980.
–,– *Wer im Gedicht* (S. 93). In: Ufer. Gedichte 1996–2003. © Radius-Verlag, Stuttgart 2003.
Fels, Ludwig (✻ 1946):
Stilles Gedicht II (S. 325). In: Blaue Allee, versprengte Tartaren. Piper Verlag, München und Zürich 1988. © Ludwig Fels.
Fiechtner, Urs M. (✻ 1955):
Was sind das für Zeiten (S. 67). In: Inmitten von allem liebe ich dich. Edition diá, St. Gallen / Berlin / Sao Paulo 1993. Vertonte Fassung auf der CD »Der Dichter«, Schmetterling-Verlag, Stuttgart 1999. © Urs M. Fiechtner.
Fried, Erich (✻ 1921 / † 1988):
Realitätsprinzip (S. 117). In: Es ist was es ist. © Verlag Klaus Wagenbach, Berlin 1983, NA 1996.
–,– *Weltfremd* (S. 326). In: Lebensschatten. © Verlag Klaus Wagenbach, Berlin 1981, NA 2001.
–,– *Gegengewicht* (S. 50). In: Warngedichte. © Carl Hanser Verlag, München 1979.
Fritsch, Gerhard (✻ 1924 / † 1969):
Wien, Churhausgasse zum Dom hin (S. 327). In: Gesammelte Gedichte. 2. Auflage. © Otto Müller Verlag, Salzburg 1994.
Fritz, Walter Helmut (✻ 1929):
Die Erde auf einem Photo (S. 278). In: Gesammelte Gedichte. © Hoffmann und Campe Verlag, Hamburg 1994.
Fuchs, Günter Bruno (✻ 1928 / † 1977):
Seltsame Ortschaft (S. 329). In: Werke in drei Bänden. Band 2: Gedichte und kleine Prosa. Mit Grafiken des Autors, hrsg. und mit einem Nachwort von Wilfried Ihrig. © Carl Hanser Verlag, München 1992.
Goes, Albrecht (✻ 1908 / † 2000):
Erwachen wieder (S. 279). In: Leicht und Schwer. Siebzig Jahre im Gedicht. © S. Fischer Verlag GmbH, Frankfurt a. M. 1998.
Goll, Yvan (✻ 1891 / † 1950):
Hiob (S. 234). In: Dichtungen. Gedichte. Prosa. Dramen. © LangenMüller Verlag, München 1995.
Gomringer, Eugen (✻ 1925):
worte sind schatten (S. 79). Aus dem Gesamtwerk. Band I. vom rand nach innen. die konstellationen 1951–1995. © Edition Splitter, Wien 1995.
Gräf, Dieter M. (✻ 1960):
Kreuz, Ritter, Töne (S. 331). In: Westrand. © Suhrkamp Verlag, Frankfurt a. M. 2002.

Grass, Günter (* 1927):
Himmelfahrt (S. 237) und *Nächtliches Stadion* (S. 52). In: Gedichte und Kurzprosa. Werkausgabe, Band 1. © Steidl Verlag, Göttingen 1997/2002.
Greve, Ludwig (* 1924 / † 1991):
Nach dem Regen (S. 136). In: Die Gedichte. Wallstein-Verlag, Göttingen 2006. © Julia und Cornelia Greve.
Gröner, Walter (* 1950):
Furä (S. 95). In: Ein rasend hingehauchtes Herbsteslicht. Bergeller Gedichte. © Suhrkamp Verlag, Frankfurt a. M. 1986.
Groißmeier, Michael (* 1935):
Eine Sprache wünsch ich mir (S. 51) und *Herbstabend* (S. 280). In: Schnee auf der Zunge. © Schneekluth Verlag GmbH, München 1983.
Gross, Walter (* 1924 / † 1999):
Aus Sambuca (S. 239). In: Botschaften noch im Staub. Verlag Heinrich Ellermann GmbH, Hamburg und München 1957. © Walter Gross.
Grünbein, Durs (* 1962):
Erklärte Nacht (S. 96). In: Erklärte Nacht. © Suhrkamp Verlag, Frankfurt a. M. 2002.
Grüning, Uwe (* 1942):
Epiphanias (S. 332). In: Spiegelungen. © Union Verlag, Berlin 1981.
Grünzweig, Dorothea (* 1952):
Déjà vu (S. 135), *Es drängt ihn* (S. 241) und *Poetik* (S. 97). In: Mittsommerschnitt. © Wallstein Verlag, Göttingen 1997.
Gunert, Johann (* 1903 / † 1982):
Umgedeutet sind die Schriften (S. 149). In: In den einsamen Stunden des Geistes. Gedichte eines halben Jahrhunderts, hrsg. von Hans Weichselbaum. Otto Müller Verlag, Salzburg und Wien 2002. © Johann Gunert.
Härtling, Peter (* 1933):
Für Samuel (S. 242). In: Schattenwürfe. Gedichte 2005. © Radius-Verlag, Stuttgart 2005.
–,– *Kiesel* (S. 106). In: Peter Härtling: Horizonttheater. Neue Gedichte. © Verlag Kiepenheuer & Witsch, Köln 1997.
Hagelstange, Rudolf (* 1912 / † 1984):
Denn Furcht beherrscht (S. 243). In: Venezianisches Credo. Insel Verlag, Frankfurt a. M. 1945. © Erbengemeinschaft Hagelstange.
Hahn, Ulla (* 1946):
An den Mond (S. 122), *Fang* (S. 100) und *Im Märzen* (S. 244). In: So offen die Welt. © Deutsche Verlagsanstalt München in der Verlagsgruppe Random House GmbH, 2004.
Hamburger, Michael (* 1924):
Mr. Freudearms Gebet (S. 104). In: Unteilbar. Gedichte aus sechs Jahrzehnten, hrsg. von Richard Dove. Aus dem Englischen von R. Anders, A. Andersch, H. M. Enzensberger, E. Fried, G. Kunert, R. Kunze, A. Muschg, P. Waterhouse, F. Wurm u. a. © Carl Hanser Verlag, München 1997.
Hamm, Peter (* 1937):
Das Senfkorn (S. 333). In: Den Traum bewahren. Verlag Robert Gessler, Friedrichshafen 1989. © Peter Hamm.

Hannsmann, Margarete (✻ 1921):
Brot und Wein 1983 (S. 246). In: Drachmentage. © Eremiten-Presse, Düsseldorf 1986.
Hartung, Harald (✻ 1932):
Am Lunghin-Paß (S. 134), *Das lange Gedicht* (S. 53) und *Weißer Jahrgang* (S. 281). In: Aktennotiz eines Engels. Gedichte 1957–2004. © Wallstein Verlag, Göttingen 2005.
Hasl, Josef (✻ 1930):
Eingeständnis (S. 123) und *Ostern* (S. 176). In: Gezeiten. © Verlagsgruppe Lübbe GmbH & Co. KG, Bergisch Gladbach 1990.
Haufs, Rolf (✻ 1935):
Brief (S. 334). In: Vorabend. Gedichte. © Carl Hanser Verlag, München 1994.
Haustein, Manfred (✻ 1929 / † 2001):
Veni Sancte Spiritus (S. 282). In: Spuren im Spiegellicht. Lyrik-Anthologie, ausgewählt und hrsg. von Karl Bangardt. © Union Verlag, Berlin 1982.
Hein, Manfred Peter (✻ 1931):
Schlag ins Wasser (S. 283). In: Aufriß des Lichts. © Wallstein Verlag, Göttingen 2006.
Heise, Hans-Jürgen (✻ 1930):
Klassenlose Gesellschaft (S. 163) und *Vorbehalt gegen Descartes* (S. 118). In: Das Zyklopenauge der Vernunft. Gedichte. Wallstein Verlag, Göttingen 2005, sowie in: Ein Kobold von Komet. Gedichte und Kurzprosa. Wallstein Verlag, Göttingen 2007. © Hans-Jürgen Heise.
Heißenbüttel, Helmut (✻ 1921 / † 1996):
das Sagbare sagen (S. 105). In: Textbücher 1–6. © Klett-Cotta, Stuttgart 1980.
Henninger, Gerd (✻ 1930):
Irdische Frühe (S. 335). In: Rückkehr vom Frieden. Henssel Verlag, Berlin 1969. © Gerd Henninger Erben.
Hensel, Klaus (✻ 1954):
Erinnerung an ein Blau (S. 284) und *Spielregelspiel* (S. 99). In: Stradivaris Geigenstein. Franfurter Verlagsanstalt, Frankfurt a. M. 1990. © Klaus Hensel.
Herburger, Günter (✻ 1932):
Wo wir waren (S. 164). In: Sturm und Stille. Luchterhand Literaturverlag, Hamburg 1993. © Günter Herburger.
Hermann, Matthias (✻ 1958):
Gebot (S. 103). In: 72 Buchstaben. © Suhrkamp Verlag, Frankfurt a. M. 1989.
–,– *Im Golan* (S. 177). In: Der gebeugte Klang. © Klöpfer & Meyer Verlag, Tübingen 2002.
Hermlin, Stephan (✻ 1915 / † 1997):
Wenn nun niemand hörte (S. 101). In: Gesammelte Gedichte. © Carl Hanser Verlag, München 1979.
Heynicke, Kurt (✻ 1891 / † 1985):
Der Christus (S. 166) und *Worte der Ehrfurcht* (S. 107). In: Das lyrische Werk. Band 3. Erich Norberg Verlag, Worms 1981. © Gemeinde Merzhausen.
Hoffmann, Dieter (✻ 1934):
Blindenschrift (S. 178). In: Engel am Pflug. © Hase & Koehler Verlag, Mainz 1980.
Holthusen, Hans Egon (✻ 1913 / † 1997):
Tabula rasa (S. 179). In: Hier in der Zeit. R. Piper & Co. Verlag, München 1949. © Hans Egon Holthusen Erben.

Huchel, Peter (✻ 1903 / † 1981):
Keine Antwort (S. 102) und *Nachlässe* (S. 181). In: Gezählte Tage. © Suhrkamp Verlag, Frankfurt a.M. 1972.
–,– *Winterquartier* (S. 151). In: Chausseen Chausseen. Gedichte. © S. Fischer Verlag GmbH, Frankfurt a.M. 1963.
Ingold, Felix Philipp (✻ 1942):
Die (S. 82) und *Transit* (S. 183). In: Wortnahme. Jüngste und frühere Gedichte. © Urs Engeler Editor, Basel / Weil am Rhein / Wien 2005.
Jacobs, Steffen (✻ 1968):
Sonntag (S. 184). In: Der Alltag des Abenteurers. S. Fischer Verlag, Frankfurt a.M. 1996. © Steffen Jacobs.
Jandl, Ernst (✻ 1925 / † 2000):
an gott (S. 185). In: poetische werke, hrsg. von Klaus Siblewski. © Luchterhand Literaturverlag München in der Verlagsgruppe Random House GmbH, 1997.
Jaroschka, Markus (✻ 1942):
wortwelt (S. 132). In: Wortzelte. Privatdruck 1976. © Markus Jaroschka.
Jordan, Jörg (o.A.):
venezianisches Abendmahl (S. 285). (Im Original lautet die 8. Zeile: »brachte der wirt *eine* grappa«.) In: kleine münze zeit. Frieling & Partner Verlag, Berlin 1988. © Jörg Jordan.
Juhre, Arnim (✻ 1925):
Was unsere Armut anbelangt (S. 247). In: Rufe. Religiöse Lyrik der Gegenwart 2. Gütersloher Verlagshaus Gerd Mohn, Gütersloh 1981. © Arnim Juhre.
–,– *Anzeigen* (S. 124). In: Die Hundeflöte. © Wolfgang Fietkau Verlag, Kleinmachnow 1962.
Kaschnitz, Marie Luise (✻ 1901 / † 1974):
Auferstehung (S. 336). In: Überall nie. © Claassen Verlag in der Ullstein Buchverlage GmbH, Berlin 1965.
Keilson, Hans (✻ 1909):
Sprachwurzellos (S. 80) und *Zug durch die Wüste* (S. 248). In: Sprachwurzellos. © Edition Literarischer Salon, Gießen 1963.
Kirsch, Sarah (✻ 1935):
Besänftigung (S. 186). In: Sämtliche Gedichte. © Deutsche Verlagsanstalt München in der Verlagsgruppe Random House GmbH, 2005.
Kirsten, Wulf (✻ 1934):
Veilchenzeit 2 (S. 131). In: Stimmenschotter. © Ammann Verlag, Zürich 1993.
–,– *satzanfang* (S. 84) und *Unterirdische Landschaft* (S. 286). In: Die Erde bei Meißen. 2. Auflage. © Suhrkamp Verlag, Frankfurt a.M. 1989.
Kiwus, Karin (✻ 1942):
Incarnation. Revisited (S. 187). In: Nach dem Leben. © Suhrkamp Verlag, Frankfurt a.M. 2006.
Kling, Thomas (✻ 1957 / † 2005):
Über das Bildfinden II (S. 87) und *Video zur Anachoretischen Landschaft* (S. 190). In: Auswertung der Flugdaten. © DuMont Literatur und Kunst Verlag, Köln 2005.

Kolbe, Uwe (* 1957):
Wir leben (S. 83). In: Vineta. © Suhrkamp Verlag, Frankfurt a. M. 1998.
–,– *Gebet der Moderne* (S. 252). In: Bornholm II. © Suhrkamp Verlag, Frankfurt a. M. 1987.
Kolleritsch, Alfred (* 1931):
Das Warten auf Tage (S. 54) und *Um die Hügel* (S. 191). In: Im Vorfeld der Augen. Residenz Verlag, Salzburg und Wien 1982. © Alfred Kolleritsch.
Kraft, Werner (* 1896 / † 1991):
Auf (S. 287). In: Diese Welt. Späte Gedichte 1976–1983. © Georg Heusch Verlag, Bonn 1984.
Krechel, Ursula (* 1947):
Den Boden versiegeln (S. 253). In: Landläufiges Wunder. © Suhrkamp Verlag, Frankfurt a. M. 1995.
Krink, Andreas (* 1964):
Gesang des lauen Sommers (S. 193). In: Litfass 44. Zeitschrift für Literatur. R. Piper & Co. Verlag, München 1988. © Andreas Krink.
Krolow, Karl (* 1915 / † 1999):
Licht (S. 288) und *Wörter kommen zu Wort* (S. 108). In: Die Handvoll Sand. © Insel Verlag GmbH, Frankfurt a. M. und Leipzig 2001.
Krüger, Michael (* 1943):
Rede des ev. Pfarrers (S. 167) und *Mittag* (S. 85). In: Wettervorhersage. © Residenz Verlag, Salzburg und Wien 1998.
Kühn, Johannes (* 1934):
Frühling (S. 254). In: Mit den Raben am Tisch. Ausgewählte und neue Gedichte. Gesammelt von Johannes Kühn, Ludwig Harig, Irmgard und Benno Rech. Mit einem Nachwort von Ludwig Harig. © Carl Hanser Verlag, München 2000.
Kunert, Günter (* 1929):
Poetologie letzter Hand (S. 78) und *Vergeßlichkeit* (S. 337). In: Mein Golem. Gedichte. © Carl Hanser Verlag, München 1996.
Kunze, Reiner (* 1933):
Dichterverleger (S. 92). In: ein tag auf dieser erde. © S. Fischer Verlag GmbH, Frankfurt a. M. 1998.
–,– *Zuflucht noch hinter der Zuflucht* (S. 289). In: gespräch mit der amsel. © S. Fischer Verlag GmbH, Frankfurt a. M. 1984.
Kurz, Paul Konrad (* 1927 / † 2005):
Mehr oder minder Wappentiere (S. 290). In: Wem gehört die Erde? Neue religiöse Gedichte. © Matthias-Grünewald-Verlag, Mainz 1984.
Langgässer, Elisabeth (* 1899 / † 1950):
Winterwende (S. 291). In: Gedichte. © Claassen Verlag in der Ullstein Buchverlage GmbH, Berlin 1959.
Laubscher, Werner (* 1927):
So zeilenweis (S. 55). In: Winterreise. Wintersprache. © Plöger Medien GmbH, Annweiler 1989.
Lavant, Christine (* 1915 / † 1973):
Hören, Hören! (S. 90). In: Die Bettlerschale. 7. Auflage. © Otto Müller Verlag, Salzburg 2002.

Lehmann, Wilhelm (✻ 1882 / † 1968):
Februarmond (S. 292). In: Gesammelte Werke in acht Bänden, hrsg. von Agathe Weigel-Lehmann u. a. Band 1: Sämtliche Gedichte, hrsg. von Hans Dieter Schäfer. © Klett-Cotta, Stuttgart 1982.

Lehnert, Christian (✻ 1969):
bruchzonen I (S. 195). In: Lyrik von Jetzt. DuMont Literatur und Kunst Verlag, Köln 2003. © Suhrkamp Verlag, Frankfurt a. M.

Leifert, Arnold (✻ 1940):
Hindurchgehen (S. 255). In: Damit der Stein wächst. © Horlemann Verlag, Unkel/Rh. 1994.

Leisegang, Dieter (✻ 1942 / † 1973):
Eine ländliche Gegend (S. 168). In: Lauter letzte Worte. Gedichte und Miniaturen. © Suhrkamp Verlag, Frankfurt a. M. 1980.

Lenz, Hermann (✻ 1913 / † 1998):
Nächtliche Stadt (S. 196). In: Zeitlebens. © Schneekluth Verlag GmbH, München 1981.

Leonhard, Kurt (✻ 1910):
Wessobrunner Gebet (S. 293). In: Gegenwelt. © Bechtle Verlag, Esslingen 1955.

Malkowski, Rainer (✻ 1939 / † 2003):
Was geschah (S. 89). In: Vom Rätsel ein Stück. © Suhrkamp Verlag, Frankfurt a. M. 1980.

–,– *Die Frage* (S. 126) und *Der die Möwe fliegen sah* (S. 197). In: Hunger und Durst. © Suhrkamp Verlag, Frankfurt a. M. 1997.

Marnau, Alfred (✻ 1918 / † 1999):
Mein Vetter Makkabäus (S. 256). In: Räuber-Requiem. 1. Auflage. © Otto Müller Verlag, Salzburg 1961.

Marti, Kurt (✻ 1921):
dem herrn unserem gott (S. 169). In: Leichenreden. Mit einem Vorwort von Peter Bichsel. © Nagel & Kimche im Carl Hanser Verlag, München 2001.

–,– *Schriftgelehrte* (S. 88). In: geduld und revolte. die gedichte am rand. © Radius-Verlag, Stuttgart 2002.

Mayröcker, Friederike (✻ 1924):
Salzburg Pachermadonna Franziskanerkirche (S. 294). In: Das besessene Alter. Gedichte 1986–1991. © Suhrkamp Verlag, Frankfurt a. M. 1992.

Meckel, Christoph (✻ 1935):
Rede vom Gedicht (S. 47). In: Ausgewählte Gedichte 1955–1978. Athenäum Verlag, Königstein/ Taunus 1979. © Christoph Meckel.

Mehring, Walter (✻ 1896 / † 1981):
Die Umschöpfung (S. 258). In: Der Zeitpuls fliegt. © Claassen Verlag in der Ullstein Buchverlage GmbH, Berlin 1958.

Meister, Ernst (✻ 1911 / † 1979):
Ich will weitergehn (S. 198). In: Der Südwind sagte zu mir Fermate. © Rimbaud Presse, Aachen 1986.

Milautzcki, Frank (✻ 1961):
MON DIEU (S. 338). In: Akzente. Zeitschrift für Literatur. Heft 4. Carl Hanser Verlag, München 1996. © Frank Milautzcki.

Müller, Inge (✻ 1925 / † 1966):
Die Unauffälligen (S. 91). In: Ich bin eh ich war. © Edition Literarischer Salon, Gießen 1992.

Nellessen, Bernhard (✻ 1958):
am grab von udo engel (S. 260). In: An den Wassern von Rhein und Ruhr. Schneekluth Verlag, München 1981. © Bernhard Nellessen.

Neumann, Peter Horst (✻ 1936):
Versuch über Engel (S. 199). In: Pfingsten in Babylon. Residenz Verlag, Salzburg und Wien 1996. © Peter Horst Neumann.

Nick, Dagmar (✻ 1926):
Über dem Hafen von Lindos (S. 295). In: Zeugnis und Zeichen. Delp'sche Verlagsbuchhandlung, München 1969. © Dagmar Nick.

Okopenko, Andreas (✻ 1930):
Kindertag (S. 145). In: Gesammelte Lyrik. Verlag Jugend & Volk, Wien 1980. © Andreas Okopenko.

Oleschinski, Brigitte (✻ 1955):
Vergessen zum Beispiel, wie einmal jeder Looping (S. 296). In: Your Passport is Not Guilty. Rowohlt Verlag GmbH, Reinbek bei Hamburg 1997. © Brigitte Oleschinski.

Oliver, José F. A. (✻ 1961):
buchstabe H (S. 201). In: Gastling. Verlag Das Arabische Buch, Berlin 1993. © Verlag Hans Schiler, Berlin 2002.

Petersdorff, Dirk von (✻ 1966):
Die Zukunft beginnt (S. 339). In: Zeitlösung. © S. Fischer Verlag GmbH, Frankfurt a.M. 1995.

Piontek, Heinz (✻ 1925 / † 2003):
Freies Geleit (S. 340). In: Früh im September. Werke. Band 1. © Schneekluth Verlag, München 1982.

Poethen, Johannes (✻ 1928 / † 2001):
Aufklärung (S. 121), *Mein gott was für ein staub* (S. 341) und *Die düsenjäger von eleusius* (S. 41). In: Wer hält mir die Himmelsleiter. Gedichte 1981–1987. Edition G. Braun, Karlsruhe 1988. © Johannes Poethen.

Politycki, Matthias (✻ 1955):
Ein gewisser Eichendorff (S. 202). In: Im Schatten der Schrift hier. Weismann Verlag, München 1988. © Matthias Politycki.

Pollack, Felix (✻ 1909 / † 1987):
Ad Poetam (S. 86), *Über Lyrik* (S. 130) und *Worauf es immer hinausläuft* (S. 203). In: Vom Nutzen des Zweifels. © S. Fischer Verlag GmbH, Frankfurt a.M. 1989.

Rausch, Jürgen (✻ 1910 / † 1995):
Aus Erde sind wir (S. 109) und *Stadt zwischen den Zeiten* (S. 342). In: Gedichte. Die Stadt. Die Insel. Unzeit. Ein Bett im Schnee. Die Stille in Crero. Thamus. © Klett-Cotta, Stuttgart 1978.

Reinfrank, Arno (✻ 1934 / † 2001):
Das weißumrissene Quadrat (S. 48). In: Fernsehabend. © Limes Verlag, Wiesbaden 1975.

Rennert, Jürgen (✻ 1943):
Metaphorisch (S. 111). In: Märkische Depeschen. © Union Verlag, Berlin 1978.

Rosenlöcher, Thomas (∗ 1947):
Wie es wirklich war (S. 297). In: Am Wegrand steht Apollo. © Insel Verlag GmbH, Frankfurt a.M. und Leipzig 2001.

Roth, Friederike (∗ 1948):
Ruhe geträumt (S. 57) und *Groß geblieben* (S. 344). In: Wiese und Macht. © Suhrkamp Verlag, Frankfurt a.M. 1993.

Rothmann, Ralf (∗ 1953):
Zuspruch (S. 46) und *Engel des Abgrunds* (S. 345). In: Gebet in Ruinen. © Suhrkamp Verlag, Frankfurt a.M. 2000.

Rühmkorf, Peter (∗ 1929):
Noch einmal Einmal noch (S. 346). In: Wenn – aber dann. Vorletzte Gedichte. © Rowohlt Verlag GmbH, Reinbek bei Hamburg 1999.

Runge, Doris (∗ 1943):
der görlitzer schuster (S. 170). In: trittfeste schatten. © Deutsche Verlagsanstalt München in der Verlagsgruppe Random House GmbH, 2000.

Saalberg, Christian (∗ 1926 / † 2006):
Die Kanonen von Sewastopol VIII (S. 347). In: Offenes Gewässer. © zu Klampen Verlag, Springe 2005.

Sachs, Nelly (∗ 1891 / † 1970):
Wo nur finden die Worte (S. 38). In: Die Gedichte der Nelly Sachs. Band 2. © Suhrkamp Verlag, Frankfurt a.M. 1971.

–,– *Chor der unsichtbaren Dinge* (S. 204). In: Fahrt ins Staublose. © Suhrkamp Verlag, Frankfurt a.M. 1961.

Sahl, Hans (∗ 1902 / † 1993):
An eine Schulklasse (S. 261). In: Wir sind die Letzten. Verlag Lambert Schneider, Heidelberg 1986. © Nils Kern.

Sartorius, Joachim (∗ 1946):
Was im Turm begann XVIII (S. 45). In: Keiner gefriert anders. © Verlag Kiepenheuer & Witsch, Köln 1996.

Sayer, Walle (∗ 1960):
Exkursion (S. 298). In: Den Tag zu den Tagen. Gedichte. © Klöpfer & Meyer Verlag, Tübingen 2006.

Schacht, Ulrich (∗ 1951):
Vom Menschensohn (S. 348). In: Lanzen im Eis. © Deutsche Verlagsanstalt München in der Verlagsgruppe Random House GmbH, 1990.

Scharpenberg, Margot (∗ 1924):
Vergangene Zukunft (S. 299). In: Fallende Farben Wind. © Gilles & Francke Verlag GmbH, Duisburg 1983.

Schedlinski, Rainer (∗ 1956):
das fenster ist geöffnet (S. 127), *diese unvordenkliche lichtung* (S. 43) und *(in gottes namen)* (S. 349). In: die rationen des ja und des nein. Gedichte. © Aufbau Verlagsgruppe GmbH, Berlin 1988.

Scherer, Bruno Stephan (∗ 1929):
Gott zeichnen (S. 300). In: Rufe. Religiöse Lyrik der Gegenwart 2. Gütersloher Verlagshaus Gerd Mohn, Gütersloh 1981. © Bruno Stephan Scherer.

Scheuermann, Silke (* 1973):
Vorstoß ins Unsichtbare (S. 302). In: Der Tag an dem die Möwen zweistimmig sangen. © Suhrkamp Verlag, Frankfurt a.M. 2001.

Schilling, Artur Maria (* 1901 / † 1984):
Hymnus (S. 81). In: Wespen-Stiche. © atrioc-Verlag, Böblingen 1980.

Schindel, Robert (* 1944):
Wortsucht (S. 112) und *Reisevermerk 22* (S. 350). In: Wundwurzel. © Suhrkamp Verlag, Frankfurt a.M. 2005.

Schirnding, Albert von (* 1935):
Übers Wasser (S. 351). In: Übergabe. © Langewische-Brandt Verlag, Ebenhausen bei München 2005.

Schnurre, Wolfdietrich (* 1920 / † 1989):
Damals (S. 304). In: Kassiber. Neue Gedichte. © Suhrkamp Verlag, Frankfurt a.M. 1956.

Schwachhofer, René (* 1904 / † 1970):
Vision bei Kaunas (S. 352). In: Über Asche und Feuer. © Union Verlag, Berlin 1964.

Senge, Stephan Reimund (* 1934):
Nach Weihnachten (S. 305). In: Grenzgängig. © Himmerod Drucke, Himmerod 1973.

Senser, Armin (* 1964):
Adventslied (S. 262). In: Jahrhundert der Ruhe. Gedichte. © Carl Hanser Verlag, München 2003.

Sölle, Dorothee (* 1929 / † 2003):
Gib mir die gabe der tränen gott (S. 59) und *Transzendenz* (S. 353). In: Fliegen lernen. © Wolfgang Fietkau Verlag, Kleinmachnow 1979.

Steinherr, Ludwig (* 1962):
Man kann nicht (S. 205). In: Musikstunde bei Vermeer. © Heiderhoff-Verlag, Berlin 1998.

Strittmatter, Eva (* 1930):
Nachts (S. 128), *Petschora-Höhlenkloster* (S. 354) und *Ursubstanz* (S. 113). In: Sämtliche Gedichte. © Aufbau Verlagsgruppe GmbH, Berlin 2006.

Szabo, Wilhelm (* 1901 / † 1986):
Widerrufung (S. 56). In: Schwärzer schatten die Wälder. © Verlag für Literatur und Kunst, Weitra 2001.

Thoor, Jesse (* 1905 / † 1952):
Rede von der Anschauung (S. 206). In: Das Werk. Sonette. Lieder. Erzählungen. © Europäische Verlagsanstalt, Frankfurt a.M. 1965.

Trausch, Christel (* 1934):
Fries der Lauschenden (S. 306). In: Spuren im Spiegellicht. Lyrik-Anthologie, ausgewählt und hrsg. von Karl Bangardt. © Union Verlag, Berlin 1982.

Uetz, Christian (* 1963):
Passion (S. 356). In: Das Sternbild versingt. © Suhrkamp Verlag, Frankfurt a.M. 2004.

Ullmann, Günter (* 1946):
alles spricht (S. 307). In: Herzwurzel. Gedichte aus 3 Jahrzehnten. © Hellerau-Verlag, Dresden 1994.

Vajda, Barbara (Smitmanns-Vajda, * 1943):
Sind dennoch Lieder …? (S. 40). In: Aschewunder? Lyrische Nach-Gedanken nach Auschwitz. © Shaker Verlag, Aachen 1997.

Wagner, Jan (* 1971):
Guerickes Sperling (S. 129). In: Guerickes Sperling. © Berlin Verlag, Berlin 2004.
–,– *Hamburg–Berlin* (S. 308). In: Probebohrung im Himmel. © Berlin Verlag, Berlin 2001.
Weißglas, Immanuel (* 1920 / † 1979):
Zunder (S. 39). In: Aschenzeit. Gesammelte Gedichte. © Rimbaud Presse, Aachen 1994.
Winkler, Ron (* 1973):
Systemverlust (S. 263). In: Lyrik von Jetzt. DuMont Literatur und Kunst Verlag, Köln 2003. © Ron Winkler.
Wohmann, Gabriele (* 1932):
Mondfahrt (S. 357). In: Passau, Gleis 3. Piper Verlag, München und Zürich 1984. © Gabriele Wohmann.
Wühr, Paul (* 1927):
Ich habe den Fehler nicht (S. 264). In: An und Für. Gedichte. © Carl Hanser Verlag, München 2004.
Zeller, Eva (* 1923):
Das Stündlein (S. 265). In: Ein Stein aus Davids Hirtentasche. © Verlag Herder, Freiburg im Breisgau 1992.
Zeller, Eva Christina (* 1960):
Stiftsgarten, Tübingen 9 (S. 266). In: Stiftsgarten, Tübingen. Gedichte. © Klöpfer & Meyer Verlag, Tübingen 2002.
Zenker, Ria (* 1933):
In Memoriam (S. 359). In: Spuren im Spiegellicht. Lyrik-Anthologie, ausgewählt und hrsg. von Karl Bangardt. © Union Verlag, Berlin 1982.
Zuckmayer, Carl (* 1896 / † 1977):
Nachtgebet (S. 207). In: Gedichte. © S. Fischer Verlag GmbH, Frankfurt a.M. 1977.
Zwanger, Helmut (* 1942):
Lesarten (S. 114). In: besprechen & beschreiben. Noch unveröffentlichte Gedichte. © Helmut Zwanger.
Zydek, Ute (* 1941):
Menschwerdung (S. 267). In: Ein Haus das hab ich nicht. © Kiefel Verlag, Wuppertal 1981.